CAMINHOS PARA A LIBERDADE
Socialismo, Anarquismo e Sindicalismo

Bertrand Russell

CAMINHOS PARA A LIBERDADE
Socialismo, Anarquismo e Sindicalismo

Introdução
R. A. REMPEL

Tradução
BRENO SILVEIRA
(para a Companhia Editora Nacional, 1955)

Revisão e atualização da tradução
MILTON MOTA

martins
Martins Fontes

O original desta obra foi publicado em inglês com o título
Roads to freedom
Copyright © 1996, Routledge, Abingdon, UK.
Authorised translation from the English language edition published by Routledge,
a member of the Taylor & Francis Group.
All Rights Reserved.
Copyright © 2005, Livraria Martins Fontes Editora Ltda.,
São Paulo, para a presente edição.

1ª edição
dezembro de 2005

Tradução
Breno Silveira

Revisão e atualização da tradução
Milton Mota
Tradução
Introdução crítica e Índice remissivo
Milton Mota
Preparação
Eliane Santoro
Revisão
Tereza Gouveia
Índice remissivo
Studio 3 Desenvolvimento Editorial
Projeto gráfico e capa
Joana Jackson
Produção gráfica
Geraldo Alves
Paginação/Fotolitos
Studio 3 Desenvolvimento Editorial

Dados Internacionais de Catalogação na Publicação (CIP)
(Câmara Brasileira do Livro, SP, Brasil)

Russell, Bertrand, 1872-1970.
 Caminhos para a liberdade : socialismo, anarquismo e sindicalismo / Bertrand Russell ; com introdução de R. A. Rempel ; [tradução Breno Silveira]. – São Paulo : Martins, 2005. – (Coleção Dialética)

 Título original: Roads to freedom
 Bibliografia.
 ISBN 85-99102-21-4

 1. Anarquismo 2. Liberdade 3. Sindicalismo 4. Socialismo
I. Rempel, R. A. II. Título. III. Série.

05-8301   CDD-300

Índices para catálogo sistemático:
1. Ciências sociais   300

Todos os direitos desta edição para o Brasil reservados à
Livraria Martins Fontes Editora Ltda. *para o selo* **Martins.**
Rua Conselheiro Ramalho, 330   01325-000 São Paulo SP Brasil
Tel. (11) 3241.3677   Fax (11) 3115.1072
e-mail: info@martinseditora.com.br   http://www.martinseditora.com.br

*Produção sem possessão
ação sem auto-asserção
desenvolvimento sem dominação.*

LAO TSÉ

Sumário

Introdução crítica   IX
Prefácio   1
Prefácio da terceira edição   3
Introdução   7

PRIMEIRA PARTE : HISTÓRICO
I. Marx e a doutrina socialista   17
II. Bakunin e o anarquismo   39
III. A revolta sindicalista   57

SEGUNDA PARTE : PROBLEMAS DO FUTURO
IV. Trabalho e remuneração   81
V. Governo e direito   101
VI. Relações internacionais   123
VII. A ciência e a arte sob o socialismo   141
VIII. O mundo tal como poderia ser feito   157

Índice remissivo   177

Introdução crítica

Neste pequeno volume, Russell desenvolveu sua ideologia política específica mais claramente do que em qualquer outro livro que tenha escrito durante a Grande Guerra. Confrontado, após 1914, pelo que considerava os poderes excessivos do Estado, ele formulou sua própria versão do socialismo de guilda como a melhor e, talvez, única maneira de restaurar e preservar as instituições democráticas e as liberdades civis. O 'cesarismo de gabinete', apoiado pelo capitalismo industrial e financeiro e alimentado pela propaganda xenófoba, tinha, segundo ele, subvertido as instituições representativas, particularmente a Casa dos Comuns. Para restaurar a liberdade, Russell defendia estender a todos os grupos importantes o autogoverno sobre questões que lhes diziam respeito e que não afetariam substancialmente o restante da comunidade. Ele buscava conciliar as legítimas reivindicações do trabalhador e do consumidor mediante a organização dos trabalhadores ou produtores em guildas industriais democráticas com relações entre os vários grupos a ser estabelecidas por um Congresso das Guildas. Russell via nesse sistema de 'federalismo entre as profissões' um análogo do 'federalismo entre as nações'. Os consumidores teriam seus interesses protegidos, pois ainda haveria algum controle estatal. O Parlamento continuaria supervisionando as questões relativas à comunidade de um modo geral. Além disso, onde houvesse conflitos entre o Congresso das Guildas e o Parlamento, uma comissão mista, com número igual de representantes de cada lado, se reuniria. Como ainda era possível que membros do Congresso das Guildas e o Parlamento se associassem contra os interesses da comunidade, a liberdade individual seria mais bem protegida por cidadãos com interesses comuns, que se organizariam em grupos destinados a resistir às violações de sua independência, até mesmo a ponto de se oporem a quaisquer leis estaduais ou normas de guilda que infringissem os direitos de algum grupo particular. Semelhante sistema exigia "um respeito generalizado pela liberdade e uma ausência de submissão ao governo".

A única forma de criar convicções tão independentes residia no desenvolvimento de um sistema educacional que libertasse a imaginação das pessoas para o trabalho criativo pelo ensino da tolerância, do ódio à guerra e da aversão ao mero acúmulo de posses materiais – coisas que não se viam em nenhuma sociedade em 1914. Com uma base educacional que promovesse o 'livre desenvolvimento dos indivíduos', Russell acreditava que sua versão do socialismo de guilda conservaria as vantagens do sindicalismo sem os perigos oriundos da atribuição de muito poder ao trabalho organizado; ela propiciaria os benefícios materiais do socialismo ao oferecer um suprimento gratuito de mercadorias sem o autoritarismo do socialismo estatal; e o sistema de Russell ofereceria a liberdade do anarquismo sem destruir o Estado e, portanto, sem abrir caminho para o possível caos.

Antes da virada do século, os interesses de Russell tinham se voltado para as idéias marxistas e fabianistas. Com efeito, seu primeiro livro, *German social democracy* (1896), analisara as teorias marxistas e marxistas revisionistas. Sob a influência de Sidney e Beatrice Webb, Russell também havia sido um fabianista desde o fim da década de 1890 até sua reação contra a organização durante a Guerra dos Bôeres e a campanha da Reforma Tarifária em 1903, ano em que ele renuncia a sua posição de membro. Pouco antes de 1914, ele tinha se encantado com as ideologias dos anarquistas, como Piotr

Kropotkin, e sindicalistas, notavelmente George Sorel. E também tinha se inteirado um pouco das idéias do socialismo de guilda com a leitura do livro *World of labour*, de G. D. H. Cole (1913), e do periódico *The New Age*, editado por A. R. Orage. Mas foi só após a guerra tê-lo feito rejeitar a teoria liberal como amplamente inadequada aos problemas do período moderno que ele começou a ler abundantemente sobre várias questões postas pelos socialistas de guilda, anarquistas e sindicalistas, enquanto reacendia seu interesse nas idéias marxistas e fabianistas. À medida que Russell escrevia o livro, sua repulsa contra a arrogância do Estado britânico durante a guerra, aliada a seu antigo e ardente individualismo, levou-o a formular uma versão do socialismo de guilda que se aproximava do anarquismo de uma forma bem mais intensa do que Cole e outros defensores do socialismo de guilda poderiam aceitar. Pois Russell temia que, por mais que as idéias de Cole representassem um avanço em relação ao sistema presente, sua defesa de um Congresso das Guildas para aprovar e impor uma legislação industrial poderia levar os funcionários do sindicato a se comportar de modo tão arbitrário quanto os líderes governamentais do período da guerra. Por isso Russell estava tão empenhado em implantar uma comissão mista de consumidores e produtores para resolver disputas entre as guildas e a comunidade toda, além de difundir o poder de modo geral, pela criação de toda uma série de comitês eleitos para lidar com questões bastante específicas. Ele admitia que seu socialismo de guilda se inclinava "mais talvez para o anarquismo do que o aprovariam inteiramente seu defensor oficial". De fato, Cole reclama numa correspondência com Russell que este, em virtude do forte individualismo, não compreendia o socialismo de guilda de modo apropriado.

Russell tinha começado a escrever este livro nos últimos meses de 1917 e o completou pouco tempo antes de ser preso em maio de 1918. No início de 1917, antes de os Estados Unidos entrarem no conflito, ele havia recebido uma proposta de Henry Holt, um editor norte-americano, para escrever um livro sobre muitas das idéias aqui expressas. Mas Russell não tinha o tempo disponível durante seu maciço envolvimento na política na primeira metade de 1917. No entanto, com o declínio do movimento pacifista britânico a partir do fim do verão de 1917 e seu desligamento cada vez maior da Associação Antialistamento Obrigatório (*No-Conscription Fellowship*; NCF), ele começou a desenvolver melhor algumas idéias pelas quais demonstrava crescente interesse desde 1912, no auge da agitação trabalhista pré-guerra na Inglaterra. Até o fim de 1917, estava finalmente preparado para exprimir suas idéias sobre o socialismo de guilda – idéias que não tinha formulado com clareza em 1916 quando escreveu sua grande obra sobre filosofia política, *Principles of social reconstruction*. A editora George Allen and Unwin Ltd. publicou, no final de 1918, a primeira do que seriam suas diversas edições de *Caminhos para a liberdade*, e a Henry Holt and Co. lançou a edição norte-americana no início de 1919, com outro título: *Caminhos propostos para a liberdade*. Como nessa época os anarquistas, reais ou suspeitos, estavam sendo impiedosamente perseguidos como bolcheviques nos Estados Unidos, e porque Russell, nesse trabalho, mostrava mais simpatia pelas idéias anarquistas do que em qualquer outra fase de sua vida, o editor deve ter achado prudente mudar o título.

Russell estava ciente da ironia que era expor uma teoria para criar uma sociedade justa, livre e eqüitativa enquanto a guerra era conduzida com selvageria cada vez maior e restrições das liberdades individuais como até então nunca se vira. A Revolução Russa tinha sido tomada pelos bolcheviques, que haviam negociado uma paz separada com a Alemanha no início de março de 1918; pouco depois, o alto comando alemão lançou sua ofensiva de março, cujos resultados ainda eram desconhecidos quando Russell terminou este livro. Fome e até mesmo inanição assombravam a Europa, e muitos observadores, incluindo Russell, estavam conformados com a idéia

Introdução crítica   XIII

de o conflito continuar em 1919 ou mesmo se estender até 1920. Nessa época, Russell não nutria nenhuma hostilidade aos bolcheviques. Esse sentimento só viria à tona por ocasião de sua viagem à Rússia em 1920 como membro da delegação do Partido Trabalhista. Na época da redação deste livro, ele via que a subida dos bolcheviques ao poder era resultado primordialmente da corrosão do governo provisório efetuada pelos aliados, que tinham se recusado a levar a sério todas as suas ofertas de paz. Russell provavelmente omitiu qualquer menção aos bolcheviques por achar que eles representavam apenas uma fase temporária que se seguia à lenta erosão da autoridade dos revolucionários originais.

O contexto em que Russell escreveu *Caminhos para a liberdade* era de profunda desilusão pessoal. Sua decepção ganhou máxima evidência perto do final do livro, em que Russell reflete sobre sua convicção de que a chegada da Revolução de Março na Rússia tinha fornecido uma oportunidade para a realização de sua utopia, pois, se a sublevação russa

> tivesse sido acompanhada de uma revolução na Alemanha, a dramática subitaneidade da mudança poderia ter sacudido a Europa, por um momento, para fora de seus hábitos mentais: pareceria que a idéia de fraternidade, num piscar de olhos, penetrara no mundo da política prática; e idéia alguma é tão prática quanto a idéia da fraternidade humana, bastando que as pessoas comecem, como que por um choque, a acreditar nela. Se a idéia de fraternidade entre as nações se inaugurasse com a fé e o vigor próprios de uma nova revolução, todas as dificuldades à sua volta seriam dissipadas, pois todas elas se devem à suspeição e à tirania de antigo preconceito... [mas] o milênio não é para nosso tempo. O grande momento passou, e, quanto a nós, é novamente a esperança distante que deve nos inspirar, não a busca imediata e ansiosa de libertação (p. 134).

O entendimento dessas visões extraordinárias está na interpretação de Russell aos eventos que se seguiram à Revolução de Março.

Ele via a sublevação começando com uma fase libertária e se convertendo num movimento por uma revolução pacifista, que se iniciaria na Rússia e poderia ter transformado toda a Europa, incluindo seu país. Russell interpretou a Revolução de Março como uma 'revolução sem sangue' que o governo provisório prosseguiu em 1917 com sua célebre 'Fórmula de Petrogrado', proclamando a meta de uma paz baseada no lema 'sem anexações ou indenizações'. Esses planos de ação civilizados, politicamente maduros, mostravam a Russell que a Rússia czarista, outrora bárbara, tinha se transformado tanto que indicava agora o caminho para uma vasta mudança entre os outros beligerantes – mudança baseada nos princípios do socialismo descentralizado e da boa vontade fraterna que, a seu ver, os revolucionários proclamavam. Afinal, na opinião de Russell e de muitos outros ativistas antiguerra, os revolucionários não só tinham emitido um clamor pela paz mas também rejeitado a natureza aquisitiva do capitalismo. Russell acreditava ver indícios de que as idéias dos revolucionários estavam se impondo na Inglaterra e em outros lugares entre os combatentes. Estava convencido, por exemplo, de que eventos como a socialista e pacifista Convenção de Leeds de junho de 1917 e a aprovação da resolução de paz pelo *Reichstag* em Berlim, em julho de 1917, demonstravam um irresistível apoio popular à paz segundo as linhas propostas pelo governo provisório. Ao longo de todo o verão de 1917, Russell e outros proeminentes ativistas antiguerra se convenceram de que os governos beligerantes na Inglaterra e na Alemanha logo teriam de ceder a essa pressão e aceitar a 'paz do povo' de inspiração russa. Foi essa convicção que o levou, no começo de 1918, a escrever sobre o 'milênio' perdido.

No fim se torna claro que seu otimismo estava tristemente equivocado. Grandes maiorias nos países beligerantes ocidentais, em especial na Inglaterra e na Alemanha, ainda estavam dispostas a seguir suas lideranças de governo e continuar a 'batalha até o fim'. Na Inglaterra, a coalizão de Lloyd George agia rápido para conter e frustrar as forças que queriam a paz por negociação. Encontros antiguerra foram dissolvidos, a propaganda patriótica foi intensificada, e líderes da dissensão, como E. D. Morel e o próprio Russell, foram acusados de crimes sob a *Defence of the Realm Act* (Dora) e mandados para a prisão. Propostas de paz do governo provisório sofreram rejeições, que deixaram o regime desacreditado e auxiliaram os bolcheviques em sua tomada do poder em novembro de 1918. Além disso, os grupos pacifistas britânicos foram seriamente solapados pela ofensiva de Ludendorff de março de 1918, que expôs como desesperadamente irrealistas suas crenças de que as elites dirigentes da Alemanha ansiavam pelo fim das hostilidades mediante um acordo negociado.

Essas derrotas foram pessoalmente devastadoras para Russell. Ele sentia que todo o seu trabalho antiguerra tinha sido em vão e renunciou à presidência interina da NCF em janeiro de 1918, pouco antes de ser acusado de violação da Dora. Essa ação do governo, aliada à sua prisão subseqüente, fortaleceu sobremaneira sua já profunda aversão ao poder do Estado moderno. Mesmo na era eduardiana, sua herança *whiggish* combinada com sua versão médio-vitoriana de radicalismo e intenso individualismo significavam que a maioria das intromissões do Estado o deixava apreensivo. Ele tinha sido até mesmo cauteloso quanto a endossar as reformas minimamente coletivistas das administrações liberais de Campbell-Bannerman e Asquith, por mais que simpatizasse com um sistema estatal de aposentadoria e seguro de saúde e desemprego. Para Russell, seriam os Tories que reverenciariam o Estado e aceitariam várias formas de autoritarismo. Todavia, como ocorreu a muitos outros radicais desiludidos, Russell ficou consternado por ter sido um governo liberal que levara a Inglaterra à guerra. A administração Asquith conduziu essa iniqüidade mediante políticas despóticas como a *Defence of the Realm Act*, a decretação do serviço militar obrigatório e uma propaganda flagrantemente xenófoba. Tudo isso constituía, para ele, prova de que quase todas as tendências do Estado moderno eram coercivas, se não tirânicas. Essas políticas tirânicas eram indício concreto para Russell de que o prussianismo existia de maneira quase igualmente sinistra na Inglaterra e na Alemanha. Além do mais, Russell tinha sofrido pessoalmente nas mãos do Estado no período de guerra. Fora acusado sob a Dora por escrever um panfleto em nome de um opositor de consciência, forçado a vender seus bens em leilão, demitido de sua cátedra no Trinity College porque colegas patrióticos aproveitaram a oportunidade oferecida pela condenação para se livrar dele, e por fim impedido pelo governo de entrar em todas as 'áreas proibidas' – terras que cobriam quase um terço do país, incluindo todo o litoral. Enquanto completava o manuscrito deste livro, ele fora acusado mais uma vez sob a Dora – por escrever um artigo prejudicial ao aliado da Inglaterra, os Estados Unidos – e estava prestes a iniciar uma estada de cinco meses na prisão.

Sem algum conhecimento desse plano de fundo, seria difícil entender por que Russell, em *Caminhos para a liberdade*, se mostra tão simpático ao anarquismo e ao sindicalismo – mais compreensivo para com essas ideologias do que em qualquer outro momento em sua vida – e tão hostil não apenas às variedades de marxismo, mas também ao socialismo fabianista. Para ele, apesar de suas diferenças, eles incorporavam, em sua devoção ao 'socialismo estatal', muitos dos piores aspectos dos Estados capitalistas. Os governos desses Estados, afinal de contas, tinham impelido o Ocidente a uma guerra tão desastrosa que não apenas as liberdades civis em toda a parte foram subvertidas, como também a própria existência da civilização corria perigo. É para explicar a natureza libertadora do socialismo de guilda e advertir sobre os riscos do socialismo de Estado que Russell dedica a primeira parte do livro a uma descrição histórica das idéias estatistas implícitas em Marx e desenvolvidas por seus discípulos, especialmente Bernstein; ao anarquismo segundo Bakunin e Kropotkin, e ao sindicalismo segundo Sorel, a Confédération

Générale du Travail e a Industrial Workers of the World. Como nessa época poucas pessoas na Inglaterra sabiam muita coisa sobre Marx e menos ainda sobre Bakunin, Kropotkin e Sorel, alguns críticos, quaisquer que fossem suas críticas, avaliaram que este livro popular tinha prestado um serviço de esclarecimento. O livro também reforçava as idéias propostas amplamente por George Bernard Shaw de que aqueles que realizavam os trabalhos mais tediosos ou perigosos na sociedade deviam receber remuneração maior do que os outros. Para os poucos que eram ociosos inveterados e também os artistas, escritores e os devotados a buscas intelectuais abstratas, Russell advogava um 'salário de vagabundo' – uma idéia que ele sustentaria a maior parte de sua vida. Essas e outras idéias expostas neste livro se relacionam com uma importante controvérsia, que ocorreu entre socialistas durante os últimos estágios da guerra e os primeiros anos pós-guerra, relativa à natureza do Partido Trabalhista em desenvolvimento na Inglaterra. Seria uma organização aberta, democrática, ou seria regida por chefes sindicais e parlamentares, na maior parte autoritários? No fim, como sabemos, a concepção do Partido Trabalhista sustentada por Russell e outros, como G. D. H. Cole e Richard Tawney, não prevaleceu.

R. A. Rempel
McMaster University
Traduzido por Milton Mota

Prefácio

Este livro é uma tentativa de condensar em pequeno espaço uma discussão que exigiria muitos volumes para um tratamento adequado. Foi concluído em abril de 1918, poucos dias antes de um período na prisão. Naquela época, poucos teriam se aventurado a profetizar que o conflito terminaria antes do Ano Novo. O advento da paz tornou mais urgentes os problemas de reconstrução. O autor tentou examinar rapidamente o desenvolvimento e o escopo das doutrinas pré-bélicas que tinham por objetivo uma transformação econômica fundamental. Tais doutrinas são consideradas primeiro historicamente, depois criticamente, e deve-se insistir que, embora nenhuma delas possa ser aceita *en bloc*, todas têm algo com que contribuir para o quadro da sociedade futura que deveríamos desejar criar.

Nas partes históricas deste trabalho, recebi grande auxílio de meu amigo Hilderic Cousens, que me forneceu os fatos sobre temas que não tive tempo de investigar em detalhes.

Londres, janeiro de 1919

Prefácio da terceira edição

Este livro foi escrito em resposta a um convite de um editor norte-americano (antes da entrada dos Estados Unidos na guerra) para que eu descrevesse o socialismo, o anarquismo e o sindicalismo. Terminei-o nos primeiros meses de 1918, quando os alemães ainda pareciam vitoriosos em toda parte. Os russos estavam concluindo uma paz em separado, e, no Ocidente, esperava-se que os alemães capturariam os portos do Canal da Mancha e abririam uma cunha entre os exércitos britânicos e franceses. A perspectiva de paz parecia remota. É difícil lembrar agora quão súbita foi a mudança da sorte que levou à vitória aliada.

Desde então, aconteceu tanta coisa que inevitavelmente as opiniões de todos os que não são impermeáveis à experiência sofreram modificações consideráveis. A criação e o colapso da Liga das Nações, o advento e a queda do fascismo e do nazismo, a Segunda Guerra Mundial, o desenvolvimento da Rússia Soviética, bem como a possibilidade nada remota de uma terceira guerra mundial – tudo isso nos proporcionou lições políticas, a maioria de um tipo que torna difícil manter o otimismo.

A criação de uma forma autoritária e antidemocrática de socialismo na União Soviética, embora bastante relevante para muitas das discussões contidas neste livro, não sugere, por si mesma, nenhuma necessidade de modificação das opiniões aqui defendidas.

Os perigos de um regime burocrático são suficientemente ressaltados, e o que aconteceu à Rússia apenas confirma a justeza de tais advertências. Em certo sentido – e esse foi o principal motivo para concordar com uma reimpressão –, este livro ganha nova relação com as circunstâncias presentes, pela percepção cada vez maior entre os socialistas ocidentais de que o regime russo não é o que eles desejam. Antes da Revolução Russa, o sindicalismo na França, a IWW nos Estados Unidos e o socialismo de guilda na Inglaterra eram, todos, movimentos que suspeitavam do Estado e pretendiam realizar as metas do socialismo sem a criação de uma burocracia onipotente. Mas, em conseqüência da admiração pelas conquistas russas, todos esses movimentos se extinguiram nos anos que se seguiram ao término da Primeira Guerra Mundial. Nos primeiros meses de 1918, quando este livro foi escrito, era impossível obter informações confiáveis sobre o que estava acontecendo na Rússia, mas o *slogan* "todo o poder para os sovietes", que era o grito de batalha bolchevique, passou a indicar uma forma nova de democracia, antiparlamentar e mais ou menos sindicalista. E, como tal, angariou o apoio dos esquerdistas. Quando se viu que não era isso que estava sendo criado, muitos socialistas, não obstante, conservaram uma firme crença: poderia ser o oposto do que os socialistas ocidentais vinham pregando, mas, fosse lá o que fosse, devia ser aclamado como perfeito. Qualquer crítica era condenada como traição à causa do proletariado. As críticas dos anarquistas e sindicalistas foram esquecidas ou ignoradas, e, exaltando-se o Estado Socialista, foi possível manter a crença de que um grande país havia realizado as aspirações dos pioneiros.

Tal atitude vem se modificando rapidamente durante os últimos anos, e aqueles que não podem mais alimentar uma adoração cega pelo governo soviético são impelidos a buscar, entre doutrinas anteriores, formas menos autoritárias de socialismo. Este livro descreve e discute essas primitivas doutrinas. O socialismo de guilda, que eu então apoiava, ainda me parece um projeto admirável, e eu poderia desejar vê-lo de novo defendido.

Mas há outros aspectos em que já não me vejo de acordo com minha perspectiva de trinta anos atrás. Se estivesse escrevendo agora, encararia com menos simpatia o anarquismo. O mundo é, hoje, e provavelmente ainda o será durante muito tempo, um mundo de escassez, em que apenas uma regulamentação severa pode evitar uma miséria desastrosa. Os sistemas totalitários, na Alemanha e na Rússia, com suas enormes e deliberadas crueldades, levaram-me a adotar uma visão mais sombria do que a de que quando era jovem a respeito do que os homens são capazes de se tornar se não houver um controle enérgico sobre seus impulsos tirânicos. Durante a Primeira Guerra Mundial ainda parecia possível esperar – e, com efeito, a maioria das pessoas esperava – que, com a paz, seria criado um mundo melhor do que o anterior a 1914. Poucos alimentavam tal esperança durante a Segunda Guerra Mundial, e quase ninguém a conservou após o término do conflito. Hoje, o otimista é aquele que acha possível esperar que o mundo não piore; supor que ele se tornará melhor em algum futuro próximo é coisa pouco viável, exceto mediante cegueira intencional.

As esperanças utópicas expressas nas páginas seguintes, sobretudo no último capítulo, embora eu as possa conservar como uma visão de algum dia distante, têm hoje muito menos relação com o presente do que julguei quando as escrevi. Fundamentalmente, é verdade, os problemas permanecem, em grande parte, os mesmos. Impedir a guerra, se possível, é ainda coisa de primordial importância. Como também o é um acordo entre a liberdade e a justiça econômica, na medida em que isso possa ser alcançado. É claro que certo grau de liberdade tem de ser sacrificado em benefício da justiça, bem como certo grau de justiça em benefício da liberdade. Mas, num mundo de escassez, esse problema é mais difícil do que num mundo de abundância, e um mundo de abundância é postulado pela maior parte das discussões neste livro.

Por tais razões, embora quase não veja motivo para mudar de opinião a respeito de soluções fundamentais e esperanças de longo prazo, os problemas urgentes e as esperanças imediatas não são mais o que eram em 1918. Mas o problema de preservar o máximo de liberdade possível sob o socialismo é ainda mais urgente do que então, e ainda me parece válida a maior parte do que se diz neste livro sobre esse problema. Espero que também o possa parecer para pelo menos alguns de meus leitores.

Junho de 1948

Introdução

A tentativa de conceber, na imaginação, um ordenamento da sociedade humana melhor do que o caos destrutivo e cruel em que a humanidade existiu até agora não é, de modo algum, moderna: é pelo menos tão antiga quanto Platão, cuja *República* estabeleceu o modelo para as utopias dos filósofos subseqüentes. Quem quer que contemple o mundo à luz de um ideal – seja o objeto de sua busca o intelecto, a arte, o amor, a simples felicidade, ou tudo isso – deve sentir grande tristeza diante dos males que os homens desnecessariamente permitem que continuem. E, se for um homem dotado de força e de energia vital, sentirá um desejo urgente de levar os homens à concretização do bem que inspira sua visão criativa. Foi esse desejo que constituiu a força primária a mover os pioneiros do socialismo e do anarquismo, tal como moveu os inventores de comunidades ideais no passado. Não há nisso nada de novo. O que é novo no socialismo e no anarquismo é a estreita relação do ideal com os sofrimentos atuais dos homens, que permitiu que poderosos movimentos políticos nascessem das esperanças de pensadores solitários. É isso que torna o socialismo e o anarquismo importantes, e é isso que os torna perigosos àqueles que, consciente ou inconscientemente, prosperam à custa dos males da ordem atual da sociedade.

 A grande maioria de homens e mulheres, em épocas comuns, passa pela vida sem jamais contemplar ou criticar, em seu todo, quer suas próprias condições, quer as condições do mundo em geral. Encontram-se nascidos em certo lugar da sociedade e aceitam o que cada dia lhes traz, sem que façam qualquer esforço mental além do que o presente imediato exige. De maneira quase tão instintiva como a dos animais selvagens, procuram a satisfação das necessidades do momento, sem muita premeditação e sem considerar que, mediante suficiente esforço, as condições gerais de suas vidas podiam ser transformadas. Certa parcela de pessoas, guiada por ambição pessoal, faz o esforço mental e volitivo necessário para que se coloquem entre os membros mais afortunados da comunidade; mas pouquíssimos entre eles estão seriamente interessados em assegurar para todos as vantagens que procuram para si próprios. Apenas alguns poucos homens raros, excepcionais, sentem pela humanidade em geral aquela espécie de amor que os tornam incapazes de suportar pacientemente todo o volume de males e sofrimentos, não importando a relação que tenham com suas próprias vidas. Esses poucos homens, solidários à dor alheia, vão procurar, primeiro no pensamento e depois na ação, algum meio de escape, algum sistema novo de sociedade, em que a vida possa tornar-se mais rica, mais plena de alegria e menos cheia de males evitáveis do que é no presente. Mas no passado tais homens, via de regra, não conseguiram interessar as próprias vítimas das injustiças que desejavam remediar. Os segmentos mais infelizes da população têm sido ignorantes, apáticos por excesso de trabalho e cansaço, temerosos pelo perigo iminente de castigo imediato por parte dos detentores do poder e moralmente não confiáveis em razão da perda de auto-respeito resultante de sua degradação. Criar entre tais classes um esforço consciente e deliberado, no sentido de buscar uma melhoria irrestrita, pode ter parecido tarefa impossível, como realmente provou ser, de um modo geral, no passado. Mas o mundo moderno, com o aumento da educação e do padrão de conforto entre os assalariados, criou condições novas, mais favoráveis do que nunca à exigência de uma reconstrução radical. Foram sobretudo os socialistas e, em menor grau, os anarquistas (principalmente como inspiradores do sindicalismo) que se tornaram os expoentes de tal reivindicação.

A coisa mais notável, talvez, com respeito tanto ao socialismo como ao anarquismo, é a associação entre um difundido movimento popular e ideais por um mundo melhor. Tais ideais foram elaborados, a princípio, por autores solitários, e, não obstante, grupos poderosos das classes assalariadas os aceitaram como seus guias nas questões práticas do mundo. No que se refere ao socialismo, isso é evidente; porém, quanto ao anarquismo, isso só é verdadeiro com certas restrições. O anarquismo, como tal, jamais foi um credo amplamente difundido; foi só em sua forma modificada de sindicalismo que alcançou popularidade. Ao contrário do socialismo e do anarquismo, o sindicalismo é, primariamente, o resultado não de uma idéia, mas de uma organização: o fato da organização do sindicalismo veio primeiro, e as idéias de sindicalismo são as que pareciam mais apropriadas a essa organização na opinião dos mais avançados sindicatos franceses. Mas as idéias, em geral, derivam do anarquismo, e os homens que conseguiram que elas fossem aceitas eram, em sua maior parte, anarquistas. Assim, podemos encarar o sindicalismo como o anarquismo do mercado, em contraposição ao anarquismo de indivíduos isolados, o qual levara uma vida precária durante todas as décadas anteriores. Adotando essa visão, encontramos no anarcossindicalismo a mesma combinação de ideal e organização com que deparamos nos partidos políticos socialistas. É dessa perspectiva que procederemos ao estudo de tais movimentos.

O socialismo e o anarquismo, em sua forma moderna, provêm respectivamente de dois protagonistas, Marx e Bakunin, que se empenharam durante toda a vida numa batalha que culminou com uma cisão na Primeira Internacional. Começaremos nosso estudo com esses dois homens: trataremos primeiro de seus ensinamentos e, depois, das organizações que fundaram ou inspiraram. Isso nos conduzirá à difusão do socialismo em anos mais recentes e, daí, à revolta sindicalista contra a ênfase socialista no Estado e na ação política, e a certos movimentos fora da França que têm alguma afinidade com o sindicalismo – notadamente a IWW nos Estados Unidos e o socialismo de guilda na Inglaterra. Desse exame histórico, passaremos à análise de alguns dos problemas mais prementes do futuro e tentaremos decidir sob que aspectos o mundo seria mais feliz se os objetivos dos socialistas ou sindicalistas fossem alcançados. Minha opinião – que posso também indicar desde o começo – é a de que o anarquismo puro, embora devesse ser o ideal último, do qual a sociedade deveria incessantemente se aproximar, é, no presente, impossível, e não sobreviveria mais do que um ano ou dois se fosse adotado. Por outro lado, tanto o socialismo marxista como o sindicalismo, apesar de muitas desvantagens, parecem-me aptos a produzir um mundo mais feliz e melhor do que este em que vivemos. Todavia, não encaro nem um nem outro como o *melhor* sistema praticável. O socialismo marxista, temo eu, daria demasiado poder ao Estado, enquanto o sindicalismo, que tem em vista abolir o Estado, seria obrigado, creio, a reconstruir uma autoridade central a fim de acabar com as rivalidades de grupos diferentes de produtores. O melhor sistema praticável, na minha opinião, é o socialismo de guilda, que admite o que é válido tanto nas reivindicações dos Estados socialistas como no receio sindicalista do Estado, adotando um sistema de federalismo entre as profissões por motivos semelhantes aos dos que recomendam o federalismo entre as nações. Veremos, adiante, em que se baseiam tais conclusões.

Antes de nos dedicar à história de movimentos recentes em favor da reconstrução radical, valerá a pena examinar alguns traços de caráter que distinguem a maior parte dos idealistas políticos e que são muito mal compreendidos pelo público em geral, por outras razões além de mero preconceito. Desejo fazer ampla justiça a tais razões, a fim de mostrar, de maneira mais efetiva, por que elas não devem permanecer em vigor.

Os líderes dos movimentos mais avançados são, em geral, homens desinteressados de uma maneira fora do comum, como se tor-

Introdução

na evidente ao examinarmos suas carreiras. Embora possuam, obviamente, tanta habilidade quanto muitos dos homens que ascendem a posições de grande poder, não se tornam, eles próprios, os árbitros de acontecimentos contemporâneos, nem conseguem riqueza ou o aplauso da maioria de seus contemporâneos. Homens que têm capacidade para ganhar tais prêmios e que trabalham pelo menos tão arduamente como aqueles que os conseguem, mas que, de modo deliberado, adotam uma linha de conduta que torna impossível sua conquista, devem ser julgados como pessoas com outro objetivo na vida que não seu progresso pessoal; seja qual for a mistura de interesses pessoais que possa entrar nos pormenores de suas vidas, seu motivo pessoal deve se encontrar fora de si próprios. Os pioneiros do socialismo, do anarquismo e do sindicalismo têm, em sua maior parte, experimentado a prisão, o exílio e a pobreza, coisas em que incorreram deliberadamente por não abandonarem sua propaganda; e, com sua conduta, demonstraram que a esperança que os inspirava não era em prol de si mesmos, mas da humanidade.

Não obstante, embora o desejo de bem-estar humano seja o que no fundo determina as linhas gerais da vida de tais homens, acontece com freqüência que, nos pormenores de seus discursos e escritos, o ódio é muito mais visível do que o amor. O idealista impaciente – e sem alguma impaciência o homem dificilmente se mostrará eficaz – será quase seguramente conduzido ao ódio pelas oposições e decepções que encontra em seus esforços de trazer felicidade ao mundo. Quanto mais certo estiver da pureza de seus motivos e da verdade de seu evangelho, tanto mais indignado se tornará quando seus ensinamentos forem rejeitados. Não raro terá êxito em conseguir uma atitude de tolerância filosófica com relação à apatia das massas e, até mesmo, com relação à enérgica oposição dos professores defensores do *status quo*. Mas os homens a quem ele julga impossível perdoar são aqueles que professam o mesmo desejo de melhoria da sociedade que ele próprio sente, mas que não aceitam seu método de atingir tal objetivo. A fé intensa que lhe permite suportar a perseguição por amor às suas crenças leva-o a considerar tais crenças tão luminosamente óbvias que qualquer pensador que as rejeite deve ser desonesto e mover-se por algum sinistro motivo de traição à causa. Nasce daí o espírito sectário – aquela amarga, estreita ortodoxia que é o veneno dos que se agarram fortemente a um credo impopular. São tantas as tentações reais de traição que a suspeita é natural. Entre líderes, a ambição, que eles reprimem na escolha de uma carreira, está fadada a retornar de outra forma: no desejo de domínio intelectual e de poderio despótico dentro de sua própria seita. Por esses motivos, os defensores de reforma drástica dividem-se em escolas opostas, odiando-se uns com ira violenta, muitas vezes se acusando reciprocamente de crimes tais como o de estarem a soldo da polícia e exigindo de qualquer orador ou escritor a quem devem admirar que este se conforme rigorosamente com seus preconceitos e submeta todo seu ensinamento à crença deles de que a verdade exata será encontrada dentro dos limites de seu credo. O resultado desse estado de espírito é que, para o observador casual e destituído de imaginação, os homens que mais se sacrificaram pelo desejo de beneficiar a humanidade *parecem* movidos muito mais por ódio do que por amor. A exigência de ortodoxia é sufocante a qualquer exercício livre do intelecto. Esse motivo, bem como o preconceito econômico, torna difícil aos 'intelectuais' cooperarem na prática com os reformadores mais extremados, por mais que possam simpatizar com seus principais propósitos e, mesmo, com nove décimos de seu programa.

Outra razão pela qual os reformadores radicais são mal interpretados pelas pessoas comuns é que eles vêem a sociedade existente pelo lado de fora, com hostilidade às suas instituições. Embora, em sua maior parte, tenham mais crença do que seus vizinhos na capacidade inerente da natureza humana para uma vida boa, são tão cônscios da crueldade e da opressão resultantes das instituições existentes que dão uma impressão inteiramente errônea de cinismo. A maioria dos homens tem, por instinto, dois códigos de con-

Introdução

duta totalmente diferentes: um referente àqueles que consideram companheiros, colegas e amigos, ou, de certo modo, membros do mesmo 'rebanho'; outro referente àqueles que vêem como inimigos, proscritos ou perigosos à sociedade. Reformadores radicais tendem a concentrar sua atenção no comportamento da sociedade para com esta última classe – a classe daqueles contra os quais o 'rebanho' sente animosidade. Essa classe inclui, é claro, os inimigos de tempo de guerra e os criminosos; na mente dos que consideram a preservação da ordem existente essencial a sua própria segurança ou a seus privilégios, ela inclui todos os que advogam qualquer grande transformação política ou econômica, bem como todas as classes que, por sua pobreza ou qualquer outra causa, são propensas a sentir um grau perigoso de descontentamento. É provável que o cidadão comum raramente pense em tais indivíduos ou classes e siga pela vida acreditando que ele e seus amigos são gente bondosa, pois não sentem desejo algum de ferir aqueles pelos quais não nutrem nenhuma hostilidade de grupo. Mas o homem cuja atenção está voltada para as relações existentes entre um grupo e aqueles que o odeiam ou temem pensa de maneira inteiramente diversa. Uma surpreendente ferocidade pode surgir em tais relações, pondo a descoberto um lado muito feio da natureza humana. Os oponentes do capitalismo aprenderam, pelo estudo de certos fatos históricos, que tal ferocidade tem sido demonstrada com freqüência pelos capitalistas e pelo Estado para com as classes assalariadas, em particular quando elas se aventuraram a protestar contra o indescritível sofrimento a que o industrialismo normalmente as condenava. Daí surgir, para com a sociedade existente, uma atitude inteiramente distinta da do cidadão comum abastado: uma atitude tão verdadeira quanto a dele (talvez também tão falsa), mas do mesmo modo baseada em fatos, fatos concernentes às suas relações com seus inimigos, em vez de relações com seus amigos.

A guerra de classes, como a guerra entre nações, produz dois pontos de vista opostos – cada qual igualmente verdadeiro e igualmente falso. O cidadão de uma nação em guerra, quando pensa em seus concidadãos, pensa primariamente em como conviveu como eles, no trato com seus amigos, nas suas relações familiares e assim por diante. Eles lhe parecem, de modo geral, criaturas bondosas, decentes. Mas a nação com que seu país está em guerra encara os compatriotas dele mediante um conjunto de experiências inteiramente diferente: tal como aparecem na ferocidade da batalha, na invasão e subjugação de um território hostil, ou nas trapaças de uma diplomacia impostora. Os homens sobre os quais esses fatos são verdadeiros são os mesmos homens que seus compatriotas conhecem como maridos, pais ou amigos, mas são julgados diferentemente porque são julgados com base em dados diferentes. O mesmo ocorre com aqueles que encaram o capitalista do ponto de vista do assalariado revolucionário: eles parecem, ao capitalista, inconcebivelmente cínicos e equivocados, porque os fatos em que baseiam sua opinião são fatos que ele não conhece ou de hábito ignora. No entanto, a visão que parte de fora é tão verdadeira quanto a que parte de dentro. Ambas são necessárias à verdade completa; e o socialista, que enfatiza a visão externa, não é um cínico, mas simplesmente o amigo dos assalariados, furioso ante o espetáculo da miséria desnecessária que o capitalismo lhes inflige.

Coloquei essas reflexões gerais no começo de nosso estudo para tornar claro ao leitor que, quaisquer que sejam a amargura e o ódio que se possam encontrar nas questões que vamos examinar, não são a amargura ou o ódio sua mola principal, mas o amor. É difícil não odiar aqueles que torturam os objetos de nosso amor. Embora difícil, não é impossível; mas requer uma largueza de vistas e uma inteireza de entendimento que não são fáceis de preservar em meio a uma disputa desesperada. Se uma sabedoria fundamental nem sempre foi preservada pelos socialistas e anarquistas, eles não diferiram de seus oponentes quanto a isso; e, na fonte de sua inspiração, têm se mostrado superiores aos que, por ignorância ou indolência, consentem com as injustiças e opressões pelas quais se preserva o sistema existente.

Primeira Parte
HISTÓRICO

Capítulo I
Marx e a doutrina socialista

O socialismo, como tudo o mais que é vital, é antes uma tendência do que um corpo de doutrina estritamente definível. Uma definição de socialismo incluiria, por certo, algumas visões que muitos considerariam não-socialistas, ou então excluiria outras que reivindicam ser incluídas. Penso, porém, que chegaremos o mais próximo possível da essência do socialismo definindo-o como a defesa da propriedade comunal de terra e capital. A propriedade comunal pode significar propriedade por um Estado democrático, mas não se pode afirmar que inclua propriedade por um Estado que não seja democrático. A propriedade comunal também pode ser compreendida, como a compreendem os comunistas anarquistas, no sentido de propriedade pela livre associação de homens e mulheres numa comunidade sem os poderes necessários à constituição de um Estado. Certos socialistas esperam que a propriedade comunal surja, de maneira súbita e completa, mediante uma revolução catastrófica, enquanto outros esperam que apareça gradualmente, primeiro numa indústria, depois em outra. Alguns insistem na necessidade de uma completa aquisição de terra e capital pelo público, enquanto outros se contentariam em ver ilhas remanescentes de propriedade privada, contanto que não fossem demasiado extensas ou poderosas. O que todas as formas têm em comum são a democracia e a abolição, virtual ou completa, do sistema capitalista atual. A distinção entre socialistas, anarquistas e sindicalistas reside principalmente na espécie de democracia que desejam. Os socialistas ortodoxos contentam-se com a democracia parlamentar na esfera do governo, afirmando que os males aparentes desse modelo de constituição atual desapareceriam com o desaparecimento do capitalismo. Os anarquistas e sindicalistas, por outro lado, são contrários a toda maquinaria parlamentar e almejam um método diferente para regular os assuntos políticos da comunidade. Mas todos eles são democráticos no sentido de ter em vista a abolição de qualquer espécie de privilégio e de desigualdade artificial: todos são igualmente defensores dos assalariados na sociedade existente. Todos os três têm muito em comum em sua doutrina econômica. Todos os três encaram o capital e o sistema de salários como meios de exploração do trabalhador no interesse das classes dominadoras e afirmam que a propriedade comunal, de uma maneira ou de outra, é o único meio de proporcionar liberdade aos que produzem. Mas na estrutura dessa doutrina comum há muitas divergências, e, mesmo entre aqueles que podem ser estritamente chamados de socialistas, existe uma diversidade de escolas bastante considerável.

Pode-se dizer que o socialismo como uma força na Europa começou com Marx. É verdade que, antes de sua época, havia teorias socialistas, tanto na Inglaterra como na França. É também verdade que na França, durante a revolução de 1848, o socialismo conseguiu, durante breve período, gozar de considerável influência no Estado. Mas os socialistas que precederam Marx tendiam a se entregar a sonhos utópicos e não fundaram nenhum partido político poderoso ou estável. Devem-se a Marx, em colaboração com Engels, tanto a formulação de um corpo coerente de doutrina socialista, suficientemente verdadeiro ou plausível para dominar o espírito de inúmeras pessoas, como a formação do movimento socialista internacional, que continuou a evoluir em todos os países europeus durante os últimos cinqüenta anos.

Para compreender a doutrina de Marx, é necessário saber algo das influências que formaram sua perspectiva. Ele nasceu em 1818, em Trèves, nas Províncias do Reno. Seu pai era um funcionário da justiça, um judeu que aceitara formalmente o cristianismo. Marx estudou jurisprudência, filosofia, economia política e história em várias universidades alemãs. Na filosofia, assimilou as doutrinas de Hegel, que estava então no auge da fama, e algo dessas doutrinas dominou seu pensamento durante toda a vida. Como Hegel, ele via na história o desenvolvimento de uma Idéia. Concebia as transformações no mundo como constituindo um desenvolvimento lógico, no qual uma fase passa por revolução para outra, que é sua antítese – concepção que deu às suas visões certa abstração intrincada e uma crença mais na revolução do que na evolução. Das doutrinas mais definidas de Hegel, porém, Marx nada conservou após a juventude. Era reconhecido como estudante brilhante e poderia ter seguido uma carreira próspera como professor ou servidor público, mas seu interesse pela política e suas opiniões radicais o conduziram a caminhos mais árduos. Já em 1842, tornou-se redator de um jornal, que foi reprimido pelo governo prussiano no começo do ano seguinte por conta de suas opiniões avançadas. Isso conduziu Marx a Paris, onde ficou conhecido como socialista e adquiriu conhecimentos referentes aos antecessores franceses[1]. Lá, no ano de 1844, começou a amizade de toda a vida com Engels, que até então se dedicara ao comércio em Manchester, onde se familiarizara com o socialismo inglês e adotara, de um modo geral, suas doutrinas[2]. Em 1845,

---

1. Entre estes, os principais eram Fourier e Saint-Simon, que construíram comunidades socialistas ideais um tanto fantásticas. Proudhon, com quem Marx manteve relações não inteiramente cordiais, deve ser considerado mais um pioneiro dos anarquistas do que do socialismo ortodoxo.
2. Marx, em *The poverty of philosophy* (1847), refere-se em termos elogiosos aos socialistas ingleses. Esses, como ele próprio, tendiam a basear seus argumentos numa teoria de valor ricardiana, mas não tinham seu escopo, erudição ou largueza científica. Entre eles, podem-se mencionar Thomas Hodgskin (1787-1869), originalmente um oficial da Marinha, mas expulso devido a um panfleto em que criticava os métodos

Marx foi expulso de Paris e, com Engels, foi viver em Bruxelas. Lá, formou a Associação dos Trabalhadores Alemães, publicando um jornal que era seu órgão. Por suas atividades em Bruxelas, tornou-se conhecido da Liga Comunista Alemã em Paris, que, em fins de 1847, convidou-o, bem como a Engels, a redigir um manifesto, que apareceu em janeiro de 1848. Trata-se do famoso *Manifesto comunista*, em que pela primeira vez foi exposto o sistema de Marx. Apareceu no momento oportuno. No mês seguinte, fevereiro, irrompeu a revolução em Paris e, em março, ela se estendeu à Alemanha. O medo da revolução levou o governo de Bruxelas a expulsar Marx da Bélgica, mas a revolução alemã possibilitou-lhe retornar a seu país. Na Alemanha, editou novamente um jornal, o que de novo o colocou em conflito com as autoridades, e de forma cada vez mais severa à medida que a reação ia adquirindo força. Em junho de 1849, o jornal foi fechado, e ele, expulso da Prússia. Regressou a Paris, de onde também foi expulso. Isso o levou a radicar-se na Inglaterra – que era na época um asilo para os amigos da liberdade –, e na Inglaterra, apenas com breves intervalos para fins de agitação, continuou a viver até sua morte, em 1883. A maior parte de seu tempo foi dedicada à elaboração de seu grande livro, *O capital*[3]. Seu outro trabalho importante durante os últimos anos foi a formação e a expansão da Associação Internacional de Trabalhadores. De 1849 em diante, a maior parte de seu tempo foi gasto no Museu Britânico, acumulando com paciência germânica os materiais para sua terrível acusação contra a sociedade capitalista. Durante esse tempo, porém, continuou a manter o controle sobre o movimento socialista internacional.

---

da disciplina naval, autor da obra *Labour defended against the claims of capital* (1825). [Ed. bras. *Defesa do trabalho contra as pretensões do capital* (São Paulo, Nova Cultural, 1986. Os economistas).] E outros trabalhos; William Thompson (1785-1833), autor de *Inquiry into the principles of distribution of wealth most conducive to human happiness* (1824) e *Labour rewarded* (1825); e Piercy Ravenstone, do qual provêm, em grande parte, as idéias de Hodgskin. Mais importante do que qualquer um deles talvez tenha sido Robert Owen.

3. O primeiro e mais importante volume apareceu em 1867; os outros dois volumes foram publicados postumamente (1885 e 1894).

Em vários países, ele tinha seus genros como lugares-tenentes, como acontecia aos irmãos de Napoleão; e sua vontade geralmente prevalecia nas várias disputas internas que surgiam.

O essencial das doutrinas de Marx pode ser reduzido a três pontos: primeiro, o que se chama de interpretação materialista da história; segundo, a lei da concentração do capital; e, terceiro, a luta de classes.

1. *A interpretação materialista da história.* Marx afirma que, de um modo básico, todos os fenômenos da sociedade humana têm sua origem em condições materiais, as quais, segundo ele, estão corporificadas em sistemas econômicos. Constituições políticas, leis, religiões, filosofias – ele considera tudo isso, em suas linhas gerais, expressões do regime econômico da sociedade que as produz. Seria injusto apresentá-lo como tendo afirmado que o motivo econômico consciente é o único importante; o fato é, em vez disso, que a economia modela o caráter e a opinião, sendo, assim, a fonte primária de muito do que surge na consciência não ter relação alguma com eles. Ele aplica sua doutrina particularmente a duas revoluções – uma no passado, outra no futuro. A revolução no passado é a da burguesia contra o feudalismo, que, segundo ele, encontra sua expressão sobretudo na Revolução Francesa. A outra revolução, a do futuro, é a dos assalariados, ou proletários, contra a burguesia, e que deverá estabelecer a comunidade socialista. Todo o movimento da história é visto por ele como necessário, como o efeito de causas materiais operando sobre os seres humanos. Ele não advoga a revolução socialista tanto quanto a prediz. Afirma, é certo, que ela será benéfica, mas está muito mais interessado em provar que ela virá inevitavelmente. O mesmo sentido de necessidade é visível em sua exposição dos males do sistema capitalista. Ele não culpa os capitalistas pelas crueldades de que mostra terem sido eles os culpados; apenas aponta que eles estão sob uma necessidade inerente de agir com crueldade enquanto continuar a propriedade privada de terras

e de capital. Mas sua tirania não durará para sempre, pois gera as forças que, no fim, deverão derrotá-la.

2. *A lei da concentração do capital.* Marx assinalou que os empreendimentos capitalistas tendem a se tornar cada vez maiores. Previu a substituição da livre concorrência pelos trustes e predisse que o número de empreendimentos capitalistas deveria diminuir, à medida que fosse aumentando a extensão dos empreendimentos individuais. Ele supõe que tal processo deva envolver uma diminuição não apenas no número de negócios, mas também no número de capitalistas. Com efeito, ele costumava falar como se cada negócio fosse propriedade de um único homem. Assim, esperava que os homens fossem continuamente levados das fileiras capitalistas para as do proletariado e que os capitalistas, com o decorrer do tempo, se tornassem numericamente cada vez mais fracos. Aplicava tal princípio não apenas à indústria, mas à agricultura. Esperava ver os proprietários de terras se tornarem cada vez menos numerosos, à medida que suas propriedades crescessem mais e mais em extensão. Tal processo deveria tornar cada vez mais evidentes os males e as injustiças do sistema capitalista e estimular cada vez mais as forças de oposição.

3. *A luta de classes.* Marx concebe os assalariados e o capitalista numa aguda antítese. Imagina que todo homem é, ou deve logo se tornar, inteiramente uma coisa ou outra. O assalariado, que nada possui, é explorado pelos capitalistas, que tudo têm. À medida que o sistema capitalista se desenvolve, e sua natureza se torna cada vez mais clara, a oposição entre burguesia e proletariado passa a ser mais acentuada. Ambas as classes, uma vez que têm interesses antagônicos, são forçadas a uma luta de classes que gera, no seio do regime capitalista, forças internas de ruptura. Os trabalhadores aprendem, pouco a pouco, a unir-se contra seus exploradores – primeiro localmente, depois nacionalmente e, por fim, internacionalmente. Quando aprenderem a unir-se internacionalmente, deverão

conseguir a vitória. Decretarão, então, que toda terra e todo capital serão propriedade comum; cessará a exploração; não será mais possível a tirania dos detentores da riqueza; não haverá mais nenhuma divisão da sociedade em classes, e todos os homens serão livres.

Todas essas idéias já estão contidas no *Manifesto comunista*, um trabalho surpreendentemente forte e vigoroso, que expõe, com perfeita concisão, as forças titânicas do mundo, seu combate épico e sua consumação inevitável. Essa obra é de tal importância no desenvolvimento do socialismo e revela tão admiravelmente as doutrinas expostas de modo mais extenso e minucioso em *O capital* que seus trechos principais devem ser conhecidos por todos que queiram compreender a influência que o socialismo marxista conseguiu exercer sobre o intelecto e a imaginação de grande parte dos líderes da classe trabalhadora.

"Um espectro ronda a Europa", começa ele,

o espectro do comunismo. Todas as potências da velha Europa uniram-se numa santa aliança para exorcizar esse espectro: o Papa e o Czar, Metternich e Guizot, os radicais franceses e os policiais espiões alemães. Que partido na oposição não foi rotulado de comunista por seus oponentes no poder? Em que lugar a oposição não lançou de volta o labéu de comunista contra os partidos mais avançados da oposição, bem como contra seus adversários reacionários?

A existência de uma luta de classes não é nova: "A história de todas as sociedades que existiram até agora é a história das lutas de classe". Em tais lutas, o conflito "terminou sempre, ou numa reconstituição revolucionária da sociedade em geral, ou na ruína comum das classes em luta".

A nossa época, a época da burguesia [...] simplificou os antagonismos de classe. A sociedade, de uma maneira geral, divide-se cada vez mais em dois grandes campos hostis, em duas grandes classes que se defrontam diretamente: a burguesia e o proletariado.

Segue-se, então, a história da queda do feudalismo, levando a uma descrição da burguesia como uma força revolucionária. "A burguesia desempenhou na história um papel eminentemente revolucionário." "No lugar da exploração, velada por ilusões religiosas e políticas, a burguesia colocou uma exploração nua, cínica, direta, brutal." "A necessidade de mercado em constante expansão para seus produtos persegue a burguesia em toda a superfície do globo." "A burguesia, durante seus escassos cem anos de domínio, criou forças produtivas mais numerosas e colossais do que todas as gerações anteriores em conjunto." As relações feudais tornaram-se grilhões: "tinham de ser rompidos; e foram rompidos [...] Um movimento semelhante está ocorrendo diante de nossos olhos".

As armas com que a burguesia pôs por terra o feudalismo voltam-se agora contra a própria burguesia. Mas a burguesia não apenas forjou as armas que trazem sua morte; produziu também os homens que empunharão essas armas – os trabalhadores modernos, os proletários.

Em seguida se expõem as causas da miséria do proletariado:

O custo de produção de um operário restringe-se, quase inteiramente, aos meios de subsistência que lhe são necessários para sua manutenção e para a propagação de sua raça. Mas o custo de uma mercadoria e, portanto, também do trabalho é igual a seu custo de produção. Assim, à medida que aumenta o caráter repulsivo do trabalho, o salário diminui. Mais ainda: à medida que aumenta o uso de maquinário e a divisão do trabalho, aumenta também, na mesma proporção, o fardo da labuta.

A indústria moderna converteu a pequena oficina do mestre patriarcal na grande fábrica do capitalista industrial. Massas de trabalhadores, reunidas na fábrica, são organizadas como soldados. Como praças do exército industrial, são colocados sob o comando de uma perfeita hierarquia de oficiais e sargentos. Não apenas como escravos da classe burguesa, mas também do Estado burguês, são escravizados diariamente, a cada hora, pela máquina, pelo contramestre e, acima de tudo, pelo próprio fabricante individual burguês. Quanto mais abertamente esse despotismo proclama ter, no lucro, seu fim e objetivo, tanto mais mesquinho, odioso e exasperador ele é.

    O *Manifesto* conta, em seguida, a maneira como cresce a luta de classes:

O proletariado passa por várias fases de desenvolvimento. Com seu nascimento, começa sua luta contra a burguesia. A princípio, a disputa é conduzida por trabalhadores individuais; mais tarde, pelos operários de uma fábrica; por fim, pelos operários do mesmo ofício, de uma mesma localidade, contra o burguês individual que os explora diretamente. Não dirigem seus ataques contra as condições burguesas de produção, mas contra os próprios instrumentos de produção.

    Nessa fase, os trabalhadores ainda constituem uma massa disseminada por todo o país, dividida por sua concorrência mútua. Se, em algum lugar, se unem para formar corpos mais compactos, isso não é ainda conseqüência da sua própria união ativa, mas da união da burguesia, cuja classe, a fim de atingir suas próprias finalidades políticas, é levada a pôr em movimento todo o proletariado, o que, por ora, ainda pode fazer.

    Os choques entre trabalhadores individuais e burgueses individuais adquire cada vez mais o caráter de choques entre duas classes. Em conseqüência disso, os trabalhadores começam a formar coalizões (sindicatos) contra os burgueses; unem-se a fim de manter o nível de salários; fundam associações permanentes a fim de suprir-se com os meios necessários, na previsão dessas revoltas ocasionais. Aqui e ali, a disputa irrompe em agitações. De vez em quando, os trabalhadores saem vitoriosos, mas apenas durante algum tempo. O fruto real de suas batalhas reside não no resultado imediato, mas na união cada vez mais ampla dos trabalhadores. Essa união é auxiliada pelo crescimento dos meios de comunicação criados pela indústria moderna e que põem em contato os trabalhadores de localidades diversas. E basta esse contato para centralizar as numerosas lutas locais, todas do mesmo caráter, numa única luta nacional entre as classes. Mas toda luta de classes é uma luta política. E a união que os habitantes das cidades da Idade Média, com suas miseráveis estradas, precisaram de séculos para atingir, os proletários modernos, graças às ferrovias, conseguem em poucos anos. Essa organização do proletariado numa classe e, conseqüentemente, num partido político é a todo momento destruída pela competição entre os próprios trabalhadores. Mas ela sempre se ergue de novo – mais forte, mais firme, mais poderosa. Aproveita-se das divisões internas da própria burguesia para obrigá-la ao reconhecimento legal de interesses particulares dos trabalhadores.

As condições de existência da velha sociedade já estão destruídas nas do proletariado. O proletário não possui propriedade; suas relações com a mulher e os filhos nada mais têm em comum com as relações familiares burguesas; o trabalho industrial moderno, a sujeição moderna ao capital, que é a mesma na Inglaterra e na França, na América e na Alemanha, despojou-o de qualquer traço de caráter nacional. As leis, a moral, a religião são para ele meros preconceitos burgueses, atrás dos quais se acham à espreita outros tantos interesses burgueses. Todas as classes que conseguiram no passado conquistar o poder procuraram fortalecer seu *status* já adquirido sujeitando a sociedade em geral às suas condições de apropriação. Os proletários não podem tornar-se senhores das forças produtivas da sociedade a não ser abolindo sua própria maneira de apropriação em vigor e, portanto, todo modo de apropriação existente até nossos dias. Eles nada têm de seu para salvaguardar; sua missão é destruir todas as garantias e seguranças da propriedade individual até aqui existentes. Todos os movimentos históricos anteriores eram movimentos de minorias, ou no interesse de minorias. O movimento proletário é o movimento autoconsciente, independente, da imensa maioria, no interesse da imensa maioria. O proletariado, a camada mais baixa de nossa sociedade atual, não pode se mexer, não pode se elevar, sem que todos os estratos superpostos que constituem a sociedade oficial rebentem no ar.

Os comunistas, diz Marx, representam todo o proletariado. São internacionais. "Acusam ainda os comunistas de desejarem abolir países e nacionalidades. Os trabalhadores não têm país. Não podemos tirar deles o que não têm." O objetivo imediato dos comunistas é a conquista do poder político pelo proletariado. "A teoria dos comunistas pode ser resumida numa única sentença: abolição da propriedade privada." A interpretação materialista da história é empregada para responder a acusações tais como a de que o comunismo é anticristão.

As acusações contra o comunismo, do ponto de vista da religião, da filosofia e da ideologia em geral, não merecem exame sério. Será preciso profunda intuição para compreender que as idéias, noções e concepções dos homens e, numa única palavra, a consciência humana se modificam com toda mudança nas condições de sua existência material, em suas relações sociais e em sua vida social?

A atitude do *Manifesto* com relação ao Estado não é inteiramente fácil de apreender. "O governo do Estado moderno", dizem, "não passa de uma comissão para gerir os negócios comuns de toda a burguesia". Não obstante, o primeiro passo do proletariado deverá ser para obter o controle do Estado.

Vimos, acima, que o primeiro passo da revolução operária é elevar o proletariado à posição de classe governante, a vencer a batalha da democracia. O proletariado usará sua supremacia política para arrancar, pouco a pouco, todo o capital das mãos da burguesia, centralizar todos os instrumentos de produção nas mãos do Estado, isto é, do proletariado organizado como classe governante, e aumentar o total das forças produtivas o mais rápido possível.

O *Manifesto* passa, então, a tratar de um programa imediato de reformas, que primeiramente aumentaria muito o poder do Estado existente, mas argumenta que, quando estiver acabada a revolução socialista, o Estado, tal como o conhecemos, terá deixado de existir.

Como Engels diz em outro lugar, quando o proletariado conquistar o poder do Estado, "porá um fim a todas as diferenças e antagonismos de classe e também, por conseguinte, ao Estado como Estado". Assim, embora o Estado socialista possa, de fato, ser o resultado das propostas de Marx e Engels, eles próprios não podem ser acusados de qualquer glorificação do Estado.

O *Manifesto* termina com um apelo aos assalariados do mundo para que se ergam a favor do comunismo:

> Os comunistas desdenham ocultar suas opiniões e seus objetivos. Declaram abertamente que seus fins só podem ser atingidos pela derrubada violenta de todas as condições sociais existentes. Que as classes governantes tremam ante uma revolução comunista. Os proletários nada têm a perder senão seus grilhões. E têm um mundo a ganhar. Trabalhadores de todos os países, uni-vos!

Em todos os grandes países do continente europeu, com exceção da Rússia, uma revolução se seguiu rapidamente à publicação do *Manifesto comunista*, mas a revolução não era econômica nem internacional, exceto, a princípio, na França. Em todos os demais lugares, foi inspirada por idéias de nacionalismo. Assim sendo, os governantes do mundo, momentaneamente aterrorizados, puderam reconquistar o poder fomentando as inimizades inerentes à idéia nacionalista, e, em toda parte, após breve período de triunfo, a revolução terminou em guerra e reação. As idéias do *Manifesto comunista* surgiram antes que o mundo estivesse preparado para elas, mas seus autores viveram o suficiente para ver, em todos os países, os primórdios do desenvolvimento do movimento socialista, que prosseguiu com crescente vigor, cada vez mais influenciando governos, dominando a Revolução Russa e sendo capaz, talvez, de conseguir, em data não muito distante, o triunfo internacional a que as últimas frases do *Manifesto* conclamam os trabalhadores do mundo.

A *magnum opus* de Marx, *O capital*, deu grandeza e substância às teses do *Manifesto comunista*. Apresentou a teoria da mais-valia, que declarava explicar o verdadeiro mecanismo da exploração capitalista. Essa doutrina é muito complicada e dificilmente defensável como contribuição à teoria pura. Deve, antes, ser encarada como uma tradução, para termos abstratos, do ódio com que Marx via o sistema que ganha riqueza de vidas humanas, e é nesse espírito, mais do que no de uma análise imparcial, que tem sido lida por seus admiradores. Um exame crítico da teoria da mais-valia demandaria muita discussão difícil e abstrata da teoria econômica pura, sem que isso tivesse muito a ver com a verdade ou a falsidade práticas do socialismo; pareceu-me, pois, impossível esse exame nos limites do presente volume. A meu ver, as melhores partes do livro são as que lidam com fatos econômicos, sobre os quais o conhecimento de Marx era enciclopédico. Era por meio desses fatos que ele esperava instilar em seus discípulos aquele ódio firme e imperecível que deveria transformá-los em soldados, até a morte, na guerra de classes. Os fatos que ele acumula são tais que permanecem praticamente desconhecidos da vasta maioria daqueles que vivem existências confortáveis. São fatos sumamente terríveis, e o sistema econômico que os gera deve ser reconhecido como um sistema particularmente terrível. Uns poucos exemplos de sua seleção de fatos bastarão para explicar a amargura de muitos socialistas:

> Sr. Broughton Charlton, juiz do condado, declarou, como presidente da reunião realizada na prefeitura de Nottingham, em 14 de janeiro de 1860, "que há, naquela parte da população ligada à fabricação de renda, um grau de privação e sofrimento desconhecido em outras partes do reino e, de fato, no mundo civilizado [...] Crianças de nove ou dez anos são arrancadas de seus leitos miseráveis às duas, três ou quatro horas da madrugada e obrigadas a trabalhar, para a mera subsistência, até 10, 11 ou 12 horas da noite, enquanto seus membros definham, sua estrutura óssea se degenera, suas faces se tornam lívi-

das e sua condição humana mergulha num torpor pétreo, sumamente horrível de contemplar"[4].

Três ferroviários acham-se de pé diante do Grand Jury de Londres – um guarda, um maquinista e um sinaleiro. Um tremendo acidente ferroviário levou centenas de passageiros para o outro mundo. A negligência dos empregados é a causa do infortúnio. Declararam eles, numa única voz, que dez ou doze anos antes seu trabalho durava apenas oito horas por dia. Durante os últimos cinco ou seis anos, foi sendo aumentado para quatorze, dezoito e vinte horas, e quando se produz um afluxo particularmente intenso de turistas, em períodos de excursões, o trabalho se estende, amiúde, por quarenta ou cinqüenta horas sem interrupção. Eles eram homens comuns, não ciclopes. A certa altura, sua força de trabalho falhava. O torpor tomava conta deles. O cérebro parava de pensar; os olhos, de ver. Os jurados ingleses, inteiramente 'respeitáveis', responderam com um veredicto que os enviou a um tribunal superior sob acusação de homicídio culposo, expressando, num anexo suave, a piedosa esperança de que os magnatas capitalistas das ferrovias se tornassem mais pródigos na compra de número suficiente de forças de trabalho e mais 'moderados', mais 'abnegados', mais 'parcimoniosos' na exploração da força de trabalho paga[5].

Na última semana de junho de 1863, todos os jornais de Londres publicaram uma notícia com o título 'sensacional': "Morte por simples excesso de trabalho". Tratava-se da morte de uma modista, Mary Anne Walkley, de 20 anos, empregada de um estabelecimento de modas altamente respeitável, explorada por uma senhora que tinha o agradável nome de Elise. A velha história, tantas vezes contada, foi de novo descoberta. A jovem trabalhava, em média, dezesseis horas e meia por dia e, às vezes, durante a temporada, trinta horas consecutivas; e sua força de trabalho, quando diminuía, era reavivada com suprimentos ocasionais de xerez, vinho do Porto ou café. Agora, a temporada estava em seu apogeu. Era necessário concluir, num abrir e fe-

---

4. Vol. i, Parte III, Capítulo X, Seção 3.
5. Vol. i, Parte III, Capítulo X, Seção 3.

char de olhos, os maravilhosos vestidos das damas da nobreza convidadas para o baile em honra da recém-importada princesa de Gales. Mary Anne Walkley trabalhara vinte e seis horas e meia sem interrupção, juntamente com outras sessenta moças, trinta em cada sala – uma sala que só lhes fornecia um terço do volume de ar de que necessitavam. À noite, dormiam aos pares numa cama em abafados cubículos de tábua, em que o quarto era dividido. E essa era uma das melhores casas de moda de Londres. Mary Anne Walkley caiu doente sexta-feira e morreu no sábado, sem ter completado, para perplexidade de madame Elise, o trabalho que tinha em mãos. O médico, dr. Keys, chamado tarde demais ao leito de morte, testemunhou secamente perante o júri de instrução que "Mary Anne Walkley morrera em razão de longas horas de trabalho numa oficina superlotada e num quarto demasiado pequeno e mal ventilado". A fim de dar uma lição de boas maneiras ao médico, o tribunal de investigação apresentou um veredicto dizendo que "a falecida morreu de apoplexia, mas não há motivo para recear que sua morte tenha sido acelerada por excesso de trabalho numa oficina superlotada etc.". "Nossos escravos brancos", bradou o *Morning Star*, órgão dos livres-cambistas Cobden e Bright, "os nossos escravos brancos, conduzidos ao túmulo por estafa, definham e morrem silenciosamente"[6].

Eduardo VI: Um estatuto do primeiro ano de seu reinado, 1547, ordena que, se alguém se recusar a trabalhar, será condenado como escravo da pessoa que o denunciou como preguiçosa. O amo alimentará seu escravo a pão e água, caldo ralo e coisas semelhantes, recusando-lhe carne sempre que julgar necessário. Tem o direito de obrigá-lo a fazer qualquer trabalho, por mais desagradável que seja, por meio de chicote e grilhões. Se o escravo ausentar-se por período de quinze dias, é condenado à escravidão por toda a vida, sendo marcado, na testa ou nas costas, com a letra S*; se fugir três vezes, deverá ser executado como criminoso. O amo poderá vendê-lo, legá-lo em testamento, alugá-lo como escravo, exatamente como quaisquer outros bens

---

6. Vol. i, Parte III, Capítulo X, Seção 3.
* De *slave*, escravo. (N. de T.)

pessoais ou gado. Se os escravos tentarem qualquer coisa contra seus amos, devem também ser executados. Os juízes de paz, ao receber tal informação, devem dar caça e abater os patifes. Se acontecer de um vagabundo se mostrar ocioso por cerca de três dias, deve ser levado para o lugar em que nasceu, marcando-lhe no peito um V com ferro em brasa, após o que deverá ser posto a trabalhar, nas ruas ou em qualquer outra ocupação. Se o vagabundo der um lugar de nascimento falso, deverá então se tornar escravo desse lugar durante toda a vida, servindo a seus habitantes ou a suas corporações, sendo marcado com um S. Qualquer pessoa tem o direito de levar embora os filhos dos vagabundos e conservá-los como aprendizes, os jovens até os 24 anos de idade, as moças até os 20. Se fugirem, deverão se tornar, até essa idade, escravos de seus mestres, os quais poderão acorrentá-los, chicoteá-los etc., se assim o desejarem. Qualquer amo poderá colocar uma argola de ferro em torno do pescoço, braços ou pernas de seu escravo, pela qual possa conhecê-lo mais facilmente e estar mais certo quanto a ele. A última parte desse estatuto estabelece que certas pessoas pobres podem ser empregadas por localidades ou pessoas que estejam dispostas a dar-lhes de comer e de beber e encontrar trabalho para elas. Essa espécie de escravos paroquiais foi conservada na Inglaterra, até uma grande parte do século XIX, sob o nome de *roundsmen*[7].

Página após página e capítulo após capítulo de fatos dessa natureza, cada qual citado para ilustrar certa teoria fatalista que Marx professa haver provado mediante raciocínio exato, é coisa que não pode deixar de enfurecer qualquer leitor apaixonado da classe trabalhadora e produzir insuportável vergonha em qualquer pessoa possuidora de capital cuja generosidade e justiça não estejam completamente extintas.

Quase no fim do volume, num brevíssimo capítulo intitulado "Tendência histórica da acumulação capitalista", Marx permite que

---

7. Vol. i, Capítulo XXVIII.

se vislumbre, por um momento, a esperança que jaz além do horror atual:

> Tão logo este processo de transformação haja decomposto suficientemente, de alto a baixo, a velha sociedade; tão logo os trabalhadores hajam se transformado em proletários, e seus meios de trabalho em capital, tão logo o modo de produção capitalista se mantenha em seus próprios pés, então a socialização ulterior do trabalho e a transformação da terra e outros meios de produção em meios de produção socialmente explorados e, portanto, comuns, como também a expropriação de proprietários particulares adquirirão nova forma. O que então deverá ser expropriado não é mais o trabalhador que trabalha para si próprio, mas o capitalista que explora muitos trabalhadores. Tal expropriação se opera pela ação das leis imanentes da própria produção capitalista, pela centralização do capital. Um só capitalista sempre mata muitos. De mãos dadas com essa centralização, ou com essa expropriação de muitos capitalistas por poucos, desenvolvem-se, em escala sempre crescente, a forma cooperativa do processo de trabalho, a aplicação técnica consciente da ciência, o cultivo metódico do solo, a transformação dos instrumentos de trabalho em instrumentos de trabalho apenas utilizáveis em comum, a economização de todos os meios de produção mediante seu uso como os meios de produção de trabalho combinado, socializado, o envolvimento de todos os povos na rede do mercado mundial e, com isso, o caráter internacional do regime capitalista. Paralelamente ao número cada vez menor de magnatas do capital, que usurpam e monopolizam todas as vantagens desse processo de transformação, cresce a massa de miséria, opressão, escravidão, degradação, exploração; mas com isso cresce também a revolta da classe dos trabalhadores, uma classe cada vez mais numerosa, e disciplinada, unida, organizada pelo próprio mecanismo do processo da própria produção capitalista. O monopólio de capital passar a travar o modo de produção, que surgiu e floresceu com ele e sob ele. A centralização dos meios de produção e a socialização do trabalho atingem, por fim, um ponto em que se tornam incompatíveis com seu invólucro capita-

lista. Este se rompe. Soa a hora final da propriedade capitalista privada. Os expropriadores são expropriados[8].

Eis aí tudo. Dificilmente outra palavra, do início ao fim, é concedida para aliviar esse quadro sombrio, e nessa inflexível pressão sobre a mente do leitor reside grande parte do poder que esse livro adquiriu.

A obra de Marx desperta duas perguntas. Primeiro, suas leis do desenvolvimento histórico são verdadeiras? Segundo, o socialismo é desejável? A segunda dessas perguntas é totalmente independente da primeira. Marx pretende provar que o socialismo *deve* vir, mas mal se interessa em provar se será uma boa coisa quando vier. Pode ser, no entanto, que, quando vier, seja uma boa coisa, mesmo que todos os argumentos de Marx para provar que ele deve vir sejam falhos. Na realidade, o tempo tem revelado muitas falhas nas teorias de Marx. O desenvolvimento do mundo tem sido suficientemente semelhante a sua profecia para provar ser ele um homem de visão sumamente incomum, mas não foi semelhante o suficiente para tornar a história, tanto política como econômica, exatamente como ele previu que seria. O nacionalismo, longe de diminuir, aumentou e não foi conquistado pelas tendências cosmopolitas que Marx, de modo correto, discerniu nas finanças. Embora os grandes negócios tenham se tornado maiores e atingido, em muitos lugares, a fase de monopólio, é tão grande o número de acionistas em tais empreendimentos que o total real de indivíduos interessados no sistema capitalista tem aumentado a cada dia. Ademais, embora grandes empresas tenham se tornado maiores, houve um aumento simultâneo de empresas de tamanho médio. Entrementes, os assalariados – que segundo Marx deveriam ter permanecido no mero nível de subsistência em que estavam na Inglaterra da primeira me-

---

8. Vol. i, Capítulo XXXII.

tade do século XIX – foram, em vez disso, beneficiados pelo aumento geral da riqueza, embora em menor grau do que os capitalistas. A suposta lei de ferro dos salários demonstrou ser falsa no que diz respeito ao trabalho nos países civilizados. Se quisermos, agora, encontrar exemplos de crueldade capitalista análogos aos que recheiam o livro de Marx, teremos de procurar a maior parte de nosso material nos trópicos ou, de qualquer modo, em regiões onde há homens de raças inferiores para explorar. Mais ainda: o trabalhador especializado de nossa época é um aristocrata no mundo do trabalho. Resta saber se ele irá se aliar ao trabalhador não especializado contra o capitalista, ou ao capitalista contra o trabalhador não especializado. Com freqüência ele próprio é um capitalista em pequena escala e, se não o é individualmente, é bastante provável que seu sindicato ou sua sociedade de assistência mútua o sejam. Assim, a acrimônia da luta de classes não se manteve. Existem gradações, categorias intermediárias entre ricos e pobres, em lugar de uma antítese lógica claramente definida entre os trabalhadores que nada têm e os capitalistas que têm tudo. Mesmo na Alemanha, que se tornou o lar do marxismo ortodoxo e desenvolveu um poderoso partido social-democrata, aceitando nominalmente a doutrina de *Das Kapital* como quase verbalmente inspirada, mesmo lá o enorme aumento de riqueza em todas as classes, nos anos anteriores à guerra, levou os socialistas a rever suas crenças e adotar uma atitude mais evolucionista do que revolucionária. Bernstein, socialista alemão que viveu muito tempo na Inglaterra, inaugurou o movimento 'revisionista' que acabou por conquistar a maior parte dos membros do partido. Sua crítica à ortodoxia marxista é exposta em seu *Evolutionary socialism*[9]. O trabalho de Bernstein, como é comum nos escritores da

---

9. *Die Voraussetzungen des Sozialismus und die Aufgaben der Sozial-Demokratie.* [Ed. bras. *Socialismo evolucionário* (trad. Manuel Teles, Rio de Janeiro, Instituto Teotonio Vilela/Jorge Zahar, 1997).] Em março de 1914, Bernstein fez uma conferência em Budapeste em que retirou seu apoio a diversos pontos de vista que até então adotara. (Cf. *Volkstimme* de Budapeste, 19 de março de 1914.)

Broad Church*, consiste amplamente em mostrar que os Fundadores não eram tão rígidos, na sustentação de suas doutrinas, como seus adeptos. Há muita coisa nos escritos de Marx e Engels que não se enquadra na ortodoxia rígida que se desenvolveu entre seus discípulos. As principais críticas de Bernstein a esses discípulos, à parte as que já mencionamos, consistem numa defesa da ação gradual, em contraposição à revolução. Ele protesta contra a atitude de indevida hostilidade para com o liberalismo, comum entre socialistas, e cega o gume do internacionalismo que, sem dúvida, faz parte dos ensinamentos de Marx. Os trabalhadores, diz ele, têm uma Mãe Pátria logo que se tornam cidadãos, e, baseado nisso, defende aquele grau de nacionalismo que a guerra tem demonstrado, desde então, prevalecer nas fileiras socialistas. Ele vai ao ponto de dizer que as nações européias têm direito a território tropical, em virtude de sua civilização mais avançada. Tais doutrinas diminuem o ardor revolucionário e tendem a transformar os socialistas numa ala esquerda do Partido Liberal. Mas a crescente prosperidade dos assalariados antes da guerra tornou tais manifestações inevitáveis. Se a guerra terá modificado as condições a esse respeito é coisa ainda impossível de saber. Bernstein conclui com a sensata observação de que "temos de aceitar os trabalhadores como eles são. E eles não são nem tão universalmente miseráveis como foi exposto no *Manifesto comunista*, nem tão livres de preconceitos e de fraquezas como seus aduladores querem nos fazer acreditar".

Bernstein representa a decadência da ortodoxia marxista a partir de dentro. O sindicalismo representa um ataque contra ela a partir de fora, do ponto de vista de uma doutrina que professa ser mais radical e mais revolucionária do que a de Marx e Engels. A atitude dos sindicalistas para com Marx pode ser vista no pequeno livro de Sorel *La décomposition du marxisme*, bem como em sua obra mais im-

---

* A ala liberal da Igreja da Inglaterra. (N. de T.)

portante, *Reflections on violence**, tradução autorizada de T. E. Hulme (George Allen & Unwin, 1915). Após citar Bernstein, com aprovação quanto à crítica a Marx, Sorel passa a críticas de ordem diversa. Assinala (com razão) que a economia teórica de Marx continua bastante próxima do manchesterismo: a economia política ortodoxa de sua juventude foi por ele aceita em muitos pontos que agora são tidos como errados. Segundo Sorel, a coisa realmente essencial no ensinamento de Marx é a luta de classes. Quem quer que mantenha isso vivo, está mantendo vivo o espírito do socialismo muito mais verdadeiramente do que aqueles que aderem ao pé da letra à ortodoxia social-democrata. Baseados na luta de classes, os sindicalistas franceses desenvolveram uma crítica a Marx que vai ainda mais fundo do que as que vimos considerando até agora. As visões de Marx sobre o desenvolvimento histórico podem ter sido, em maior ou menor grau, equivocadas de fato, mas o sistema econômico e político que ele procurou criar pode ser tão justo e desejável quanto seus adeptos supõem. O sindicalismo, no entanto, critica não apenas as visões de Marx quanto aos fatos, mas também o objetivo que ele tem em vista e a natureza geral dos meios que recomenda. As idéias de Marx se formaram numa época em que a democracia não existia. Foi no mesmo ano em que *Das Kapital* apareceu que os trabalhadores urbanos conseguiram pela primeira vez o direito de voto na Inglaterra e o sufrágio universal foi concedido por Bismarck na Alemanha Setentrional. Era natural que se acalentassem grandes esperanças quanto ao que a democracia conquistaria. Marx, à semelhança dos economistas ortodoxos, imaginou que as opiniões dos homens eram guiadas por uma visão mais ou menos esclarecida de seus próprios interesses econômicos, ou, antes, do interesse econômico de classe. Uma longa experiência do funcionamento da democracia política demonstrou que, a esse respeito, Disraeli e Bismarck foram juízes mais

_____
* [Ed. bras. *Reflexões sobre a violência* (trad. P. Neves, São Paulo, Martins Fontes, 1992).]

argutos da natureza humana do que os liberais e os socialistas. Tornou-se cada vez mais difícil confiar no Estado como meio de obter liberdade, ou nos partidos políticos como instrumentos suficientemente poderosos para forçar o Estado a agir em benefício do povo. O Estado moderno, diz Sorel,

> é um corpo de intelectuais, investido de privilégios, e que possui meios, do tipo chamado político, para defender-se dos ataques de outros grupos de intelectuais, ávidos por possuir as vantagens do emprego público. Os partidos são constituídos a fim de obter a conquista de tais empregos, e são análogos ao Estado[10].

Os sindicalistas têm como objetivo organizar os homens, não por partido, mas por ocupação. Isso, dizem eles, é a única coisa que representa a concepção e o método verdadeiros da luta de classes. Assim, desprezam toda ação *política* por meio de Parlamento e eleições: a espécie de ação que recomendam é a ação direta, por meio do sindicato revolucionário. O grito de guerra da ação industrial contra a ação política estendeu-se muito além das fileiras do sindicalismo francês. Pode ser encontrado nos Estados Unidos, na IWW norte-americana, e, na Grã-Bretanha, entre os sindicalistas industriais e socialistas de guilda. Aqueles que a advogam têm também em vista, em sua maioria, um objetivo diferente do de Marx. Acreditam que não pode haver liberdade individual adequada onde o Estado é todo-poderoso, mesmo que o Estado seja socialista. Alguns deles são anarquistas rematados, que desejam ver o Estado inteiramente abolido; outros desejam apenas diminuir sua autoridade. Em virtude desse movimento, a oposição a Marx, que desde o princípio existiu do lado dos anarquistas, tornou-se muito forte. É dessa oposição, em sua forma mais antiga, que nos ocuparemos no capítulo seguinte.

---

10. *La décomposition du marxisme*, p. 53.

Capítulo II
Bakunin e o anarquismo

No espírito popular, um anarquista é uma pessoa que atira bombas e comete outros atos violentos, ou porque é mais ou menos louco, ou porque se vale do pretexto de opiniões políticas extremas como um manto para suas tendências criminosas. Tal visão é, por certo, inadequada em todos os sentidos. Certos anarquistas acreditam no lançamento de bombas; muitos não. Pessoas de quase todas as outras nuanças de opinião acreditam, em circunstâncias apropriadas, no lançamento de bombas. Os homens, por exemplo, que atiraram em Sarajevo a bomba que deu início à presente guerra não eram anarquistas, mas nacionalistas. E, a esse respeito, os anarquistas que são a favor de lançar bombas não diferem de modo fundamental do resto da comunidade, com exceção daquela parte infinitesimal que adota a atitude tolstoiana de não-resistência. Os anarquistas, à semelhança dos socialistas, geralmente acreditam na doutrina da luta de classes e, se usam bombas, é como os governos as usam, com propósitos bélicos: mas, para cada bomba fabricada por um anarquista, muitos milhões delas são fabricados pelos governos, e, para cada homem morto pela violência anarquista, muitos milhões de outros são mortos pela violência dos Estados. Podemos, pois, afastar de nosso espírito toda a questão da violência, que desempenha vasto papel na imaginação popular, já que não é nem essencial, nem peculiar aos que adotam a posição anarquista.

O anarquismo, como sua derivação indica, é a teoria que se opõe a toda espécie de governo caracterizado pela força. É contrário ao Estado como corporificação da força empregada no governo da comunidade. Para que um governo possa ser tolerado por um anarquista, tem de ser governo livre, não meramente no sentido de ser o de uma maioria, mas no sentido de ter o assentimento de todos. Os anarquistas são contrários a instituições tais como a polícia e a legislação criminal, por meio das quais a vontade de uma parte da comunidade é forçada sobre outra parte. Em sua opinião, a forma democrática de governo não será indubitavelmente preferível a outras formas enquanto as minorias forem compelidas pela força ou por sua potencialidade a submeter-se à vontade das maiorias. A liberdade é o bem supremo do credo anarquista, e tal liberdade é buscada pela via direta da abolição de todo controle exercido pela comunidade sobre o indivíduo.

O anarquismo, nesse sentido, não é doutrina nova. Foi exposto, de maneira admirável, por Chuang Tzu, filósofo chinês que viveu cerca de 300 anos a.C.:

> Os cavalos têm cascos para que andem sobre a geada e a neve. Comem relva e bebem água e saltam pela campina. Tal é a natureza real dos cavalos. As habitações palacianas de nada lhes servem.
> Um dia, Po Lo apareceu, dizendo: "Sei como lidar com cavalos".
> E, então, marcou os cavalos a ferro, cortou-lhes as crinas, aparou-lhes os cascos, pôs-lhes rédeas e, amarrando-os pela cabeça e acorrentando-os pelas patas, colocou-os em estábulos, resultando daí morrerem dois ou três dentre cada dez deles. Conservou-os, depois, famintos e com sede, trotando e galopando com eles, tratando deles e tosquiando-os – tudo isso sob o sofrimento das rédeas com borlas na frente e o receio do chicote com nós atrás, até que mais da metade deles morreu.
> O oleiro diz: "Posso fazer o que quiser com a argila. Se eu a quero redonda, uso o compasso; se retangular, um esquadro".
> O carpinteiro diz: "Posso fazer o que quiser com a madeira. Se a quero curva, uso um arco; se direita, uma régua".

Mas baseados em que podemos pensar que a natureza da argila e da madeira deseja essa aplicação de compasso e esquadro, de arco e régua? Não obstante, todas as gerações exaltam Po Lo por sua habilidade em lidar com cavalos, bem como os oleiros e carpinteiros por sua habilidade em lidar com argila e madeira. Aqueles que *governam* o império cometem o mesmo erro.

Ora, eu encaro o governo de um império de um ponto de vista inteiramente diverso.

As pessoas são dotadas de certos instintos naturais: tecem e vestem-se, amanham a terra e alimentam-se. Essas são coisas comuns a toda a humanidade, e todos concordam com elas. Tais instintos são chamados "enviados pelo céu".

E, assim, nos dias em que os instintos prevaleciam, os homens andavam tranqüilamente e olhavam com firmeza. Naquela época, não havia caminhos sobre as montanhas, nem barcos, nem pontes sobre a água. Cada coisa era produzida para sua própria esfera. As aves e os animais multiplicavam-se; as árvores e os arbustos cresciam. Os primeiros podiam ser conduzidos pela mão; era possível subir nos galhos e espreitar o ninho do corvo. Porque naquela época o homem vivia com as aves e os animais, e toda a criação era uma coisa só. Não havia distinções entre homens bons e homens maus. Sendo todos igualmente sem conhecimento, sua virtude não podia se extraviar. Sendo todos igualmente destituídos de más intenções, viviam num estado de integridade natural, a perfeição da existência humana.

Mas quando os sábios apareceram, lançando o povo na armadilha da caridade e agrilhoando-o com o dever para com seu semelhante, a dúvida encontrou meio de penetrar no mundo. E, então, com seu entusiasmo pela música e bulha pela cerimônia, o império se dividiu contra si mesmo[1].

O anarquismo moderno, no sentido que nos ocupará, está associado à crença na propriedade comunal de terra e capital e é, assim,

---

1. *Musings of a chinese mystic. Selections from the philosophy of Chuang Tzu*. Com introdução de Lionel Giles, MA (Oxon) (John Murray, 1911. Série Wisdom of the East), pp. 66-8.

num aspecto importante, aparentado com o socialismo. Essa doutrina é propriamente chamada comunismo anarquista, mas, como abrange praticamente todo o anarquismo moderno, podemos ignorar por completo o anarquismo individualista e concentrar a atenção em sua forma comunista. Tanto o socialismo como o comunismo anarquista nasceram da percepção de que o capital privado é uma fonte de tirania por parte de certos indivíduos sobre outros. O socialismo ortodoxo acredita que, se o Estado passar a ser o único capitalista, o indivíduo se tornará livre. O anarquismo, pelo contrário, receia que em tal caso o Estado possa simplesmente herdar as propensões tirânicas do capitalista privado. Assim, ele procura um meio de conciliar a propriedade comunal com a maior redução possível dos poderes do Estado e, de fato, em última análise, com a abolição completa do Estado. Ele surgiu, primordialmente, dentro do movimento socialista, como sua ala esquerda extrema.

No mesmo sentido em que Marx pode ser encarado como o fundador do socialismo moderno, Bakunin pode ser considerado o fundador do comunismo anarquista. Mas Bakunin não produziu, como Marx, um corpo completo e sistemático de doutrina. O que mais se aproxima disso será encontrado nos escritos de seu seguidor Kropotkin. A fim de explicar melhor o anarquismo moderno, começaremos com a vida de Bakunin[2] e a história de seus conflitos com Marx, passando, depois, a um breve resumo da teoria anarquista, tal como foi em parte exposta em seus escritos, mas, de maneira mais completa, nos escritos de Kropotkin[3].

Michel Bakunin nasceu em 1814 numa família aristocrática russa. Seu pai era um diplomata que, por ocasião do nascimento de Bakunin, havia se retirado para sua propriedade rural na região

---

2. Uma descrição da vida de Bakunin do ponto de vista anarquista poderá ser encontrada no primeiro volume da edição completa de suas obras: Michel Bakounine, *Oeuvres, Tome II. Avec une notice biographique, des avantpropos et des notes, par James Guillaume* (Paris, P.-V. Stock), pp. v-lxiii.
3. A crítica dessas teorias será reservada para a Parte II.

de Tver. Bakunin entrou para a escola de artilharia de Petersburgo aos 15 anos de idade e, aos 18, foi enviado como porta-bandeira a um regimento acampado em Minsk. A insurreição polonesa de 1830 tinha acabado de ser debelada. "O espetáculo da Polônia atemorizada", diz Guillaume, "agiu poderosamente sobre o coração do jovem oficial, contribuindo para inspirar-lhe horror ao despotismo". Isso o levou a desistir da carreira militar após dois anos de experiência. Em 1834, renunciou a sua patente e foi para Moscou, onde passou seis anos estudando filosofia. Como todos os estudantes de filosofia daquela época, tornou-se hegeliano e, em 1840, seguiu para Berlim, a fim de continuar seus estudos, na esperança de se tornar professor. Mas ao longo desse tempo suas opiniões sofreram rápida transformação. Achou impossível aceitar a máxima hegeliana de que o que quer que exista é racional e, em 1842, emigrou para Dresden, onde se associou a Arnold Ruge, editor do *Deutsche Jahrbuecher*. Nessa altura, já se tornara revolucionário e, no ano seguinte, atraiu a hostilidade do governo saxão. Isso o levou a se mudar para a Suíça, onde entrou em contato com um grupo de comunistas alemães, mas, como a polícia suíça o importunava e o governo russo exigia seu retorno, transferiu-se para Paris, onde permaneceu de 1843 a 1847. Esses anos em Paris foram importantes na formação de suas opiniões e na sua maneira de encarar as coisas. Conheceu Proudhon, que exerceu sobre ele considerável influência; e também George Sand e muitas outras pessoas de projeção. Foi em Paris que entrou, pela primeira vez, em contato com Marx e Engels, com quem deveria manter batalha durante toda a vida. Num período bastante posterior, 1871, descreveu da seguinte maneira suas relações com Marx naquela época:

> Marx era muito mais avançado do que eu, como continua até hoje não mais avançado, mas incomparavelmente mais culto do que eu. Eu nada conhecia, então, de economia política. Não me libertara ainda de abstrações metafísicas, e meu socialismo era apenas instin-

tivo. Ele, embora mais jovem do que eu, já era um ateísta, um materialista instruído, um socialista bastante considerado. Foi exatamente nessa época que ele elaborou os primeiros fundamentos de seu sistema atual. Víamo-nos com bastante freqüência, pois eu o respeitava muito por sua cultura e sua apaixonada e séria devoção (sempre mesclada, porém, com vaidade pessoal) à causa do proletariado, e procurava ansioso a possibilidade de ter com ele uma conversação, que, quando não era inspirada num ódio mesquinho – o que, infelizmente, acontecia com demasiada freqüência –, era sempre instrutiva e inteligente. Mas nunca houve nenhuma intimidade franca entre nós. Nossos temperamentos não permitiam tal coisa. Ele me chamava de idealista sentimental, e nisso tinha razão; eu o chamava de vaidoso, pérfido e astuto, e nisso eu também tinha razão.

Bakunin jamais conseguiu ficar muito tempo num lugar sem cair na inimizade das autoridades. Em novembro de 1847, em conseqüência de um discurso exaltando a insurreição polonesa de 1830, foi expulso da França a pedido da embaixada russa, que, a fim de afastar dele a simpatia pública, divulgou a nota infundada de que ele fora agente do governo russo, mas que não era mais desejado por ter ido longe demais. O governo francês, com calculada reticência, encorajou essa história, que o perseguiu por quase toda a vida.

Obrigado a deixar a França, seguiu para Bruxelas, onde renovou suas relações com Marx. Uma de suas cartas, escrita nessa época, mostra que já alimentava aquele ódio feroz que tempos depois teria razão de sentir.

Os alemães, artesãos, Bornstedt, Marx e Engels – principalmente Marx – estão aqui, cometendo suas estripulias habituais. Vaidade, rancor, maledicência, despotismo teórico e pusilanimidade prática – reflexões sobre a vida, ação e simplicidade, e completa ausência de vida, ação e simplicidade – artesãos literários e argumentativos e repulsiva coqueteria com eles: 'Feuerbach é um burguês', e a palavra 'burguês' se transforma num epíteto repetido *ad nauseam*, mas eles próprios, todos eles, não passam, dos pés à cabeça, inteiramente, de burgueses provincianos. Numa palavra, mentira e estupidez, estupidez e mentira. No meio deles, não há possibilidade de respirar livre e plenamente. Mantenho-me afastado deles, e declarei, de maneira bastante peremptória, que não participarei de sua união comunista de artesãos e que nada terei com ela.

A Revolução de 1848 o fez retornar a Paris e, daí, para a Alemanha. Teve uma disputa com Marx sobre uma questão em que, como ele próprio confessou depois, Marx estava com a razão. Tornou-se membro do Congresso Eslavo em Praga, onde procurou inutilmente promover uma insurreição eslava. Em fins de 1848, escreveu um "Apelo aos Eslavos", exortando-os a se unir a outros revolucionários para destruir as três monarquias opressivas da Rússia, Áustria e Prússia. Marx atacou-o por escrito, dizendo, com efeito, que o movimento a favor da independência da Boêmia era inútil, pois os eslavos não tinham futuro, pelo menos nas regiões em que estavam sob o domínio da Alemanha e da Áustria. Quanto a essa questão, Bakunin acusou Marx de patriotismo alemão, e Marx acusou-o, por sua vez, de pan-eslavismo, acusações justas, sem dúvida, em ambos os casos. Antes dessa disputa, porém, ocorreu uma discussão muito mais séria. O jornal de Marx, o *Neue Rheinische Zeitung,* afirmou que George Sand tinha em seu poder documentos provando que Bakunin era agente russo e um dos responsáveis pela prisão recente de poloneses. Bakunin, certamente, repudiou a acusação, e George Sand escreveu ao *Neue Rheinische Zeitung* negando *in toto* tal declaração. As negações foram publicadas por Marx e seguiu-se uma reconciliação nominal, mas, dessa época em diante, não houve jamais qualquer atenuação real da hostilidade entre esses líderes rivais, que não se encontraram de novo senão em 1864.

Nesse meio-tempo, a reação ganhava terreno em toda parte. Em maio de 1849, uma insurreição em Dresden, por um momento, tornou os revolucionários senhores da cidade. Mantiveram-na durante cinco dias, estabelecendo um governo revolucionário. Bakunin foi a alma da defesa contra as tropas prussianas. Mas foram sobrepujados, e, por fim, Bakunin foi capturado enquanto tentava fugir em companhia de Heubner e Richard Wagner, sendo que este último, para felicidade da música, não foi capturado. Começou, então, um período de encarceramento em muitas prisões e em vários países. Em 14 de janeiro de 1850, Bakunin foi condenado à morte, mas tal sentença foi comutada após cinco meses, sendo ele entregue à Áustria, que reivindicava o privilégio de puni-lo. Os austríacos, por sua vez, condenaram-no à morte, sendo sua sentença de novo comutada, então para prisão perpétua. Nas prisões austríacas, colocaram-lhe correntes nos pés e nas mãos, e, numa delas, chegou a ser acorrentado à parede pela cintura. Parece que o castigo infligido a Bakunin proporcionava prazer especial aos que o puniam, pois o governo russo, por sua vez, o pediu aos austríacos, que o entregaram. Na Rússia, foi encarcerado primeiro na Fortaleza de Pedro e Paulo e, depois, em Schluesselburg. Lá contraiu escorbuto, caindo-lhe todos os dentes. Sua saúde deteriorou-se por completo, sendo-lhe impossível assimilar qualquer tipo de alimento.

Mas, se seu corpo se debilitou, seu espírito permaneceu inflexível. Ele receava apenas uma coisa: achar-se levado algum dia, pela ação debilitante da prisão, à condição de degradação de que Silvio Pellico oferece exemplo tão conhecido. Receava que pudesse deixar de odiar, que pudesse sentir extinto em seu coração o sentimento de revolta que o sustentava, que pudesse vir a perdoar seus perseguidores e resignar-se a seu destino. Mas tal receio era desnecessário; sua energia não o abandonou um único dia, e ele saiu de sua cela como o mesmo homem que nela entrara[4].

Após a morte do czar Nicolau, muitos prisioneiros políticos foram anistiados, mas Alexandre II apagou da lista, com a própria mão,

---

4. Ibid., p. xxvi.

o nome de Bakunin. Quando a mãe de Bakunin conseguiu obter uma audiência com o novo czar, este lhe disse: "Saiba, senhora, que enquanto seu filho viver ele jamais poderá ser livre". Em 1857, porém, após oito anos de prisão, foi enviado à liberdade relativa da Sibéria. De lá, em 1861, conseguiu fugir para o Japão e daí, através dos Estados Unidos, para Londres. Estivera preso em virtude de sua hostilidade para com os governos, mas, por estranho que pareça, seus sofrimentos não surtiram o pretendido efeito de fazê-lo amar aqueles que os infligiram. Dessa época em diante, dedicou-se a divulgar o espírito da revolta anarquista, sem, no entanto, ter de sofrer mais nenhum período de prisão. Viveu alguns anos na Itália, onde fundou, em 1864, uma 'Fraternidade Internacional' ou 'Aliança dos Revolucionários Socialistas'. Tal associação reunia homens de muitos países, mas, ao que parece, nenhum alemão. Dedicou-se, principalmente, a combater o nacionalismo de Mazzini. Em 1867, transferiu-se para a Suíça, onde, no ano seguinte, ajudou a fundar a 'Aliança Internacional da Democracia Socialista', cujo programa foi por ele redigido. Esse programa dá uma boa e sucinta síntese de suas opiniões:

> A Aliança se declara ateísta; deseja a abolição definitiva e integral de classes, bem como a igualdade política e a equiparação social dos indivíduos de ambos os sexos. Deseja que a terra, os instrumentos de trabalho, como qualquer outro capital, se tornem propriedade coletiva de toda a sociedade, não possam mais ser utilizados a não ser pelos trabalhadores, isto é, por associações agrícolas e industriais. Reconhece que todos os Estados políticos e autoritários atualmente existentes, reduzindo-se cada vez mais a funções meramente administrativas nos serviços públicos de seus respectivos países, devem desaparecer da união universal das associações livres, tanto agrícolas como industriais.

A Aliança Internacional da Democracia Socialista desejava tornar-se um ramo da Associação Internacional de Trabalhadores, mas sua admissão foi recusada sob a alegação de que os ramos deviam ser locais, não podendo ser, eles mesmos, internacionais. No entanto, o grupo da Aliança de Genebra foi mais tarde admitido, em julho de 1869.

A Associação Internacional de Trabalhadores fora fundada em Londres, em 1864, e seus estatutos e seu programa foram redigidos por Marx. Bakunin, a princípio, não esperava que ela fosse bem-sucedida e recusou-se a ingressar nela. Mas ela se estendeu com extraordinária rapidez a vários países, tornando-se, em pouco tempo, uma grande força para a divulgação das idéias socialistas. Em sua origem, não era de modo algum de todo socialista, mas Marx a conquistou gradualmente para suas visões. Em seu terceiro Congresso realizado em Bruxelas, em setembro de 1868, tornou-se definitivamente socialista. Entrementes, Bakunin, lamentando sua abstenção inicial, resolvera se juntar a ela, levando consigo um grupo considerável de adeptos da Suíça francesa, França, Espanha e Itália. No quarto Congresso, realizado em setembro de 1869, em Bâle, duas correntes mostraram-se poderosamente acentuadas. Os alemães e os ingleses seguiram Marx em sua crença no Estado tal como este deveria tornar-se após a abolição da propriedade privada; acompanharam-no também em seu desejo de fundar Partidos Trabalhistas em vários países e utilizar o maquinário da democracia para a eleição de representantes trabalhistas nos parlamentos. Por outro lado, as nações latinas, em sua maioria, seguiram Bakunin na oposição ao Estado e na descrença quanto ao mecanismo do governo representativo. O conflito entre os dois grupos tornou-se cada vez mais violento, e cada um acusava o outro de várias transgressões. A afirmação de que Bakunin era espião foi repetida, mas retirada após investigação. Marx escreveu, numa comunicação confidencial a seus amigos alemães, que Bakunin era agente do partido pan-eslavista e recebia dele 25 mil francos anuais. Nesse ínterim, Bakunin tinha se interessado, durante algum tempo, pela tentativa de agitar uma revolta agrária na Rússia, o que o levou a negligenciar a disputa na Internacional num momento crucial. Durante a Guerra Franco-Prussiana, Bakunin colocou-se apaixonadamente ao lado da França, sobretudo após a queda de Napoleão III. Esforçou-se por erguer o povo a uma resistência revolucionária como a de 1793, envolvendo-se numa tentativa frustrada de revolta em Lyon. O governo francês acusou-o de ser agente pago da Prússia, e foi com dificuldade que ele fugiu para a Suíça. A disputa com Marx e seus adeptos tinha se exacerbado pela disputa nacional. Bakunin, como Kropotkin depois dele, encarava o novo poderio da Alemanha como a maior ameaça à liberdade do mundo. Odiava os alemães profundamente, em parte, sem dúvida, por causa de Bismarck, mas talvez ainda mais por causa de Marx. Até hoje, o anarquismo se limitou quase exclusivamente aos países latinos e se manteve associado ao ódio à Alemanha, nascido das disputas entre Marx e Bakunin na Internacional.

A supressão final da facção de Bakunin ocorreu por ocasião do Congresso Geral da Internacional em Haia, em 1872. O lugar da reunião foi escolhido pelo Conselho Geral (no qual Marx não encontrava oposição) tendo em vista – segundo afirmam os amigos de Bakunin – tornar o acesso impossível para Bakunin (por conta da hostilidade dos governos francês e alemão) e difícil para seus amigos. Bakunin foi expulso da Internacional em conseqüência de um relatório que o acusava *inter alia* de roubo, acompanhado de intimidação.

A ortodoxia da Internacional estava salva, mas ao preço de sua vitalidade. Desde então deixou de ser, ela mesma, uma força, mas ambas as facções continuaram a trabalhar em seus vários grupos, e os grupos socialistas, em particular, cresceram rapidamente. Por fim, foi formada uma nova Internacional (1889), que continuou até o início da guerra atual. Quanto ao futuro do socialismo internacional, seria temerário fazer qualquer profecia, embora pareça que a idéia internacional haja adquirido força suficiente para necessitar, após a guerra, de certos meios de expressão como os que encontrou antes em congressos socialistas.

Por essa época, a saúde de Bakunin estava arruinada, e, exceto por breves intervalos, ele viveu afastado até sua morte, em 1876. A vida de Bakunin, ao contrário da de Marx, foi muito tempestuosa. Qualquer espécie de rebelião contra a autoridade sempre despertava sua simpatia, e, ao dar-lhe seu apoio, ele jamais prestou a menor atenção a riscos pessoais. Sua influência, indubitavelmente enorme, nasceu sobretudo da influência de sua personalidade sobre indivíduos importantes. Seus escritos diferem dos de Marx tanto quanto sua própria vida, e de maneira semelhante. São escritos caóticos, nascidos, em grande parte, de alguma ocasião passageira, abstratos e metafísicos, exceto quando tratam da política do momento. Ele não se aproxima muito dos fatos econômicos, permanecendo, em geral, nas regiões da teoria e da metafísica. Quando desce de tais regiões, fica muito mais à mercê da política internacional corrente do que Marx, muito menos imbuído das conseqüências da crença de que são as causas econômicas as fundamentais. Ele elogiou Marx por enunciar essa doutrina[5], mas, apesar disso, continuou a pensar em termos de nações. Seu trabalho mais extenso, *L'empire knouto-germanique et la révolution sociale*, trata principalmente da situação na França durante as últimas fases da Guerra Franco-Prussiana, bem como dos meios de resistir ao imperialismo alemão. A maior parte de seus escritos foi redigida às pressas, no intervalo entre duas insurreições. Há algo de anarquismo em sua falta de ordem literária. A melhor obra que dele se conhece é um fragmento intitulado por seus editores como "Deus e o Estado"[6]. Nesse trabalho, ele apresenta

---

5. "Marx, como pensador, está no caminho certo. Estabeleceu como um princípio que todas as evoluções, políticas, religiosas e jurídicas, são, na história, não as causas, mas os efeitos das evoluções econômicas. É esse um grande e proveitoso pensamento, que ele absolutamente não inventou; foi vislumbrado e expresso, em parte, por muitos outros além dele; mas, de qualquer maneira, pertence a ele a honra de o ter estabelecido solidamente e de o haver enunciado como a base de todo seu sistema econômico" (1870; ibid., ii., p. xiii).

6. Este título não é de Bakunin, mas foi inventado por Cafiero e Elisée Reclus, que o editaram, sem saber que se tratava de um fragmento que Bakunin pretendia publicar como uma segunda versão de *L'empire knouto-germanique* (cf. ibid., ii., p. 283).

a crença em Deus e a crença no Estado como os dois grandes obstáculos à liberdade humana. Um trecho típico servirá para ilustrar o estilo do fragmento:

> O Estado não é a sociedade: é apenas uma forma histórica dela, tão brutal quanto abstrata. Nasceu historicamente, em todos os países, do casamento da violência, da rapina, da pilhagem e, numa palavra, da guerra e da conquista, com os deuses criados sucessivamente pela fantasia teológica das nações. Foi desde sua origem, e continua a ser ainda no presente, a sanção divina da força brutal e da desigualdade triunfante.
>
> O Estado é autoridade; é força; é a ostentação e a cegueira da força; não se insinua; não procura converter. [...] Mesmo quando ordena o que é bom, esconde e estraga tal coisa, simplesmente porque a ordena, e porque toda ordem provoca e excita as revoltas legítimas da liberdade; e porque o bem, desde o momento em que é ordenado, torna-se um mal, do ponto de vista da verdadeira moral, da moral humana (não, sem dúvida, da divina), do ponto de vista do respeito humano e da liberdade. A liberdade, a moral e a dignidade humana consistem, precisamente, nisto: o homem faz o bem não porque este é ordenado, mas porque ele o concebe, o deseja, o ama.

Não encontramos nos trabalhos de Bakunin uma imagem clara da sociedade que ele almejava, nem argumento algum que prove que tal sociedade poderia ser estável. Se quisermos compreender o anarquismo, teremos de nos voltar para seus seguidores, e em especial para Kropotkin, que era, como Bakunin, um aristocrata russo familiarizado com as prisões da Europa e, também como ele, um anarquista que, apesar de seu internacionalismo, achava-se imbuído de violento ódio contra os alemães.

Kropotkin dedicou grande parte de seus escritos a questões técnicas da produção. Em *Fields, factories, and workshops* e *The conquest of bread*, procurou provar que, se a produção fosse mais científica e mais bem organizada, uma quantidade relativamente pequena de trabalho agradável seria o suficiente para o conforto de toda a população. Mesmo presumindo, como provavelmente se deva presumir, que ele exagera um pouco o que é possível fazer com nosso atual conhecimento científico, deve-se conceder, porém, que suas afirmações contêm uma grande parte de verdade. Ao abordar a questão da produção, ele demonstrou conhecer qual é a questão realmente crucial. Para a civilização e o progresso serem compatíveis com a igualdade, é necessário que a igualdade não implique longas horas de labuta penosa por pouco mais do que é necessário para a vida, já que, onde não há lazer, a arte e a ciência fenecem, e todo progresso se torna impossível. A objeção que alguns fazem igualmente ao socialismo e ao anarquismo, nesse terreno, não pode ser sustentada em vista da possível produtividade do trabalho.

O sistema que Kropotkin almeja, quer seja ou não possível, é certamente um sistema que exige grande aperfeiçoamento nos métodos de produção, acima do que é comum no presente. Ele deseja abolir por completo o sistema de salários, não apenas, como muitos socialistas pretendem, no sentido de que um homem deve antes ser pago por sua disposição para trabalhar do que pelo trabalho real exigido dele, mas num sentido mais fundamental: não deve haver obrigação de trabalhar, e todas as coisas devem ser compartilhadas, em proporções iguais, por toda a população. Kropotkin confia na possibilidade de tornar o trabalho uma coisa agradável: ele diz que, numa comunidade como a que ele antevê, praticamente todas as pessoas preferirão o trabalho à ociosidade, pois o trabalho não implicará excesso ou escravidão, nem a especialização excessiva produzida pelo industrialismo, mas será simplesmente uma atividade agradável por certas horas do dia, propiciando ao homem um escape para seus impulsos construtivos espontâneos. Não deverá haver compulsão, lei ou qualquer governo que exerça a força; restarão ainda leis da comunidade, mas estas deverão surgir do assentimento geral, não de alguma submissão imposta mesmo à menor das minorias. Examinaremos, num próximo capítulo, até que ponto um tal ideal é realizável, mas não se pode negar que Kropotkin o apresenta com extraordinário encanto e persuasão.

Estaríamos fazendo mais do que justiça ao anarquismo, se não disséssemos nada sobre seu lado mais sombrio, o lado que o colocou em conflito com a polícia e o transformou numa palavra de terror aos cidadãos comuns. Em suas doutrinas gerais, não há nada que essencialmente implique métodos violentos ou ódio virulento contra os ricos, e muitos dos que adotam essas doutrinas gerais são, pessoalmente, dóceis e por temperamento avessos à violência. Mas o tom geral da imprensa e do público anarquistas é de tal modo violento que dificilmente parece inofensivo, e o apelo, sobretudo nos países latinos, é mais de inveja aos afortunados do que de piedade para com os infortunados. Uma descrição vívida e legível, embora não de todo confiável, de um ponto de vista hostil, é encontrada num livro intitulado *Le péril anarchiste*, de Félix Dubois[7], que casualmente reproduz várias charges de periódicos anarquistas. A revolta contra a lei conduz naturalmente – exceto entre aqueles que são dominados por uma paixão real pela humanidade – a um relaxamento de todas as regras morais normalmente aceitas e a um espírito amargo de crueldade retaliativa, dos quais será difícil advir algum bem.

Uma das feições mais curiosas do anarquismo popular é sua martirologia, imitando formas cristãs, tendo a guilhotina (na França) em lugar da cruz. Muitos dos que morreram nas mãos das autoridades, por atos de violência, eram, sem dúvida, sofredores genuínos por sua crença numa causa, mas outros, igualmente honrados, são mais questionáveis. Um dos exemplos mais curiosos dessa válvula de escape para o impulso religioso reprimido é o culto de Ravachol, guilhotinado em 1892 por causa de vários atentados a dinamite. Seu passado era dúbio, mas ele morreu em atitude de desafio: suas últimas palavras foram três versos de uma canção anarquista muito conhecida, o *Chant du père Duchesne*:

---

7. Paris, 1894.

Si tu veux être heureux,
Nom de Dieu!
Pends ton propriétaire.*

Como era natural, os principais anarquistas não participaram da canonização de sua memória; não obstante, esta prosseguiu com as mais surpreendentes extravagâncias. Seria inteiramente injusto julgar a doutrina anarquista, ou as visões de seus principais expoentes, por tais acontecimentos; mas ainda é fato que o anarquismo atrai para si muito daquilo que se acha no limite da loucura e do crime comum[8]. Devemos nos lembrar disso para desculpar as autoridades e o público irrefletido, que com freqüência confundem, numa aversão comum, os parasitas do movimento e os homens verdadeiramente heróicos e de espírito elevado que elaboraram suas teorias e sacrificaram, para sua divulgação, o conforto e o êxito.

A campanha terrorista em que homens tais como Ravachol se mostraram ativos terminou, praticamente, em 1894. Depois dessa época, sob a influência de Pelloutier, a melhor espécie de anarquistas encontrou uma saída menos prejudicial ao advogar o sindicalismo revolucionário nos sindicatos e nas *Bourses du Travail*[9].

A organização *econômica* da sociedade, tal como é concebida pelos comunistas anarquistas, não difere muito da organização al-

---

* Se queres ser feliz,/Por Deus!/Enforca teu senhorio.
8. A atitude que prevalece entre os melhores anarquistas é a descrita por L. S. Bevington: "Sabemos certamente que, entre os que se dizem anarquistas, há uma minoria de entusiastas desequilibrados que encara todo ato ilegal e sensacional de violência como motivo de regozijo histérico. Muito úteis à polícia e à imprensa, instáveis de intelecto e fracos quanto a princípios morais, eles têm se mostrado repetidamente acessíveis a considerações venais. Tanto eles como sua violência e seu anarquismo professo são compráveis, e, em última análise, são partidários bem-vindos e eficientes da burguesia em sua guerra implacável contra os libertadores do povo". E é muito sábia sua conclusão: "Deixemos os assassínios e os ferimentos indiscriminados ao Governo – a seus estadistas, seus corretores da bolsa, seus funcionários e seu direito" (*Anarchism and violence* (Liberty Press, Chiswick, 1896), pp. 9-10).
9. Cf. próximo capítulo.

mejada pelos socialistas. A diferença entre eles e os socialistas reside na questão de governo: pretendem que o governo exija o assentimento de *todos* os governados, e não apenas de uma maioria. É inegável que o governo de uma maioria possa ser quase tão hostil à liberdade quanto o governo de uma minoria: o direito divino das maiorias é um dogma tão pouco dotado de verdade absoluta como qualquer outro. Um Estado democrático forte pode ser facilmente levado a oprimir seus melhores cidadãos, isto é, aqueles cuja independência de espírito poderia torná-los uma força em prol do progresso. A experiência do governo parlamentar democrático demonstrou que ele fica muito aquém do que esperavam os primeiros socialistas, e a revolta dos anarquistas contra ele nada tem de surpreendente. Mas, na forma de anarquismo puro, tal revolta permaneceu débil e esporádica. São o sindicalismo e os movimentos que dele surgiram que popularizaram a revolta contra o governo parlamentar e os meios puramente políticos de emancipação dos assalariados. Esse movimento, porém, deverá ser tratado num capítulo à parte.

Capítulo III
A revolta sindicalista

O sindicalismo surgiu na França como uma revolta contra o socialismo político, e, para compreendê-lo, é preciso traçar um breve esboço da posição atingida pelos partidos socialistas nos vários países. Após severo recuo causado pela Guerra Franco-Prussiana, o socialismo foi gradualmente renascendo, e, em todos os países da Europa Ocidental, os partidos socialistas têm aumentado a cada dia, durante os últimos quarenta anos, seu poderio numérico, mas, como invariavelmente acontece com as seitas que se desenvolvem, a intensidade da fé diminuiu à medida que o número de crentes aumentou.

Na Alemanha, o Partido Socialista tornou-se a fração mais forte do Reichstag e, apesar das diferenças de opinião entre seus membros, conservou sua unidade formal mediante aquele instinto para a disciplina militar que caracteriza a nação alemã. Na eleição do Reichstag de 1912, obteve um terço do total de votos, elegendo 110 membros, de um total de 397. Após a morte de Bebel, os revisionistas, que receberam seu primeiro impulso de Bernstein, sobrepujaram os marxistas mais estritos, e o partido se tornou, com efeito, apenas um partido de radicalismo avançado. É ainda muito cedo para prever qual será o efeito da cisão ocorrida durante a guerra entre os socialistas da maioria e da minoria. Na Alemanha dificilmente se vê um traço de sindicalismo: sua doutrina característica, a preferência da ação industrial à ação política, quase não encontrou apoio.

Na Inglaterra, Marx jamais teve muitos adeptos. O socialismo aqui foi inspirado, de modo geral, pelos fabianos (grupo fundado em 1883), que deixaram de lado a defesa da revolução, a doutrina marxista do valor e a luta de classes. O que restou foi um socialismo de Estado e uma doutrina de 'impregnação'. Os funcionários públicos deviam ser impregnados da idéia de que o socialismo lhes aumentaria enormemente o poder. Os sindicatos deviam ser impregnados pela crença de que a época da ação puramente industrial já havia passado e que deveriam contar com que o governo (inspirado secretamente pelos funcionários públicos simpatizantes) realizasse, aos poucos, as partes do programa socialista que não despertassem muita hostilidade dos ricos. O Partido Trabalhista Independente (fundado em 1893) foi amplamente inspirado, a princípio, pelas idéias dos fabianos, embora conserve até hoje, sobretudo desde a irrupção da guerra, muito mais do primitivo ardor socialista. Teve sempre por objetivo cooperar com as organizações industriais de assalariados, e, principalmente por seus esforços, o Partido Trabalhista[1] foi formado em 1900, nascendo de uma união entre os sindicatos e os socialistas políticos. Desde 1909, todos os sindicatos importantes têm pertencido a esse partido, mas, apesar de sua força derivar dos sindicatos, ele permaneceu sempre mais a favor da ação política do que da ação industrial. Seu socialismo tem sido de ordem teórica e acadêmica, e, na prática, até o começo da guerra, os membros trabalhistas do Parlamento (dos quais 30 foram eleitos em 1906 e 42 em dezembro de 1910) bem poderiam ser considerados quase uma parte do Partido Liberal.

A França, ao contrário da Inglaterra e da Alemanha, não se contentou apenas em repetir as antigas senhas com convicção cada vez menor. Na França[2], um novo movimento, conhecido originalmente

---

1. Do qual o Partido Trabalhista Independente é apenas uma seção.
2. E também na Itália. Uma boa descrição do movimento italiano é feita por A. Lanzillo, *Le mouvement ouvrier en Italie* (Bibliothèque du Mouvement Prolétarien). Cf. também Paul Louis, *Le syndicalisme européen*, Capítulo VI. Por outro lado, Cole (*World of labour*, Capítulo VI) considera pequena, na Itália, a força do sindicalismo genuíno.

como sindicalismo revolucionário – e depois apenas como sindicalismo –, manteve vivo o vigor do impulso inicial e conservou-se fiel ao espírito dos socialistas mais velhos, enquanto se afastava da letra.

O sindicalismo, ao contrário do socialismo e do anarquismo, partiu de uma organização existente e desenvolveu idéias apropriadas a ela, enquanto o socialismo e o anarquismo começaram com as idéias e só mais tarde desenvolveram as organizações que eram seus veículos. A fim de compreender o sindicalismo, temos de descrever primeiro a organização sindical na França e seu ambiente político. As idéias de sindicalismo aparecerão, então, como resultado natural da situação política e econômica. Quase nenhuma dessas idéias é nova: a maioria delas provinha da seção bakunista da antiga Internacional[3].

A antiga Internacional obteve considerável êxito na França antes da Guerra Franco-Prussiana. Calcula-se, com efeito, que em 1869 o número de seus membros, na França, fosse de um quarto de milhão. No Congresso da Internacional em Bâle, no mesmo ano, um delegado francês defendeu um programa que é praticamente o programa socialista[4].

A guerra de 1870 acabou, em caráter provisório, com o movimento socialista na França. Seu renascimento, em 1877, se deve a Jules Guesde. Ao contrário dos socialistas alemães, os franceses dividiram-se em muitas facções diferentes. Nos primeiros anos da década de 1880, houve uma cisão entre os socialistas parlamentares e os comunistas anarquistas. Os últimos achavam que o primeiro ato

---

3. Isso é reconhecido, com freqüência, pelos próprios sindicalistas. Cf., por exemplo, o artigo "A antiga Internacional", publicado no *Syndicalist* de fevereiro de 1913, o qual, após descrever a luta entre Marx e Bakunin do ponto de vista de um simpatizante deste último, diz: "As idéias de Bakunin estão hoje mais vivas do que nunca".
4. Cf. pp. 42-3 e 160 de *Syndicalism in France*, Louis Levine, Ph.D. (Columbia University Studies in Political Science, vol. XLVI, n.º 3). Trata-se de uma descrição bastante objetiva e confiável da origem e do progresso do sindicalismo francês. Uma discussão admirável e sucinta de suas idéias e de sua posição atual poderá ser encontrada em *World of labour*, de Cole (G. Bell and Sons), principalmente nos capítulos III, IV e XI.

da revolução social devia ser a destruição do Estado e, por conseguinte, não teria nenhuma relação com a política parlamentar. Os anarquistas, a partir de 1883, tiveram êxito em Paris e no sul. Os socialistas afirmaram que o Estado desapareceria depois que a sociedade socialista estivesse firmemente estabelecida. Em 1882, os socialistas dividiram-se entre os adeptos de Guesde, que afirmavam representar o socialismo revolucionário e científico de Marx, e os adeptos de Paul Brousse, que eram mais oportunistas e também chamados *possibilistas*, e pouco se interessavam pelas teorias de Marx. Em 1890, um grupo se apartou dos broussistas, que seguiu Allemane e absorveu os elementos mais revolucionários do partido, transformando-se nos espíritos dirigentes de alguns dos sindicatos mais poderosos. Outro grupo era o dos Socialistas Independentes, entre os quais se achavam Jaurès, Millerand e Viviani[5].

As disputas entre os vários segmentos de socialistas causaram dificuldades nos sindicatos e ajudaram a levar à decisão de manter a política fora deles. Disso ao sindicalismo foi um passo fácil.

Desde 1905, em conseqüência de uma união entre o Parti Socialiste de France (Parti Ouvrier Socialiste Révolutionnaire Français, dirigido por Guesde) e o Parti Socialiste Français (Jaurès), há apenas dois grupos de socialistas, o Partido Socialista Unido e os Independentes, constituído de intelectuais que não desejam estar ligados a um partido. Nas eleições gerais de 1914, os primeiros conseguiram eleger 102 membros, e os últimos, 30, de um total de 590.

As tendências no sentido de uma aproximação entre os vários grupos sofreram séria interferência de uma ocorrência que teve considerável importância para todo o desenvolvimento de idéias políticas avançadas na França: a aceitação, por parte do socialista Millerand, em 1899, de uma pasta no Ministério Waldeck-Rousseau. Millerand, como era de esperar, logo deixou de ser socialista, e os opo-

---

5. Cf. Levine, op. cit., Capítulo II.

nentes da ação política apontaram sua evolução como reveladora da futilidade dos triunfos políticos. Inúmeros políticos franceses que subiram ao poder haviam começado a carreira política como socialistas e a concluíram, não raro, lançando mão do exército para oprimir grevistas. A ação de Millerand foi a mais espetacular e dramática entre numerosas outras de caráter semelhante. Seu efeito cumulativo foi produzir certo cinismo com respeito à política entre os trabalhadores franceses que tinham mais consciência de classe, e esse estado de espírito auxiliou enormemente a disseminação do sindicalismo.

O sindicalismo representa, em essência, o ponto de vista do produtor, em contraposição ao do consumidor; interessa-se pela reforma do trabalho real e pela organização da indústria, não *simplesmente* em assegurar maiores recompensas para o trabalho. Derivam desse ponto de vista seu vigor e seu caráter distintivo. Ele busca substituir a ação política pela ação industrial e usar as organizações sindicais para fins que o socialismo ortodoxo procuraria conseguir pelo Parlamento. 'Sindicalismo' era apenas, originalmente, o nome francês de 'Trade Unionism', mas os sindicalistas franceses dividiram-se em dois grupos, o reformista e o revolucionário, dos quais apenas o último professava as idéias que hoje associamos ao termo 'sindicalismo'. É inteiramente impossível prever até que ponto a organização ou as idéias dos sindicalistas permanecerão intactas ao término da guerra, e tudo o que dissermos deverá ser encarado como dados que se aplicam apenas aos anos anteriores a ela. Pode ser que o sindicalismo francês, como movimento distintivo, esteja morto, mas mesmo em tal caso não terá perdido sua importância, já que deu um novo impulso e um rumo ao segmento mais vigoroso do movimento trabalhista em todos os países civilizados, com a possível exceção da Alemanha.

A organização da qual o sindicalismo dependia era a Conféderation Générale du Travail, conhecida geralmente como CGT, que foi fundada em 1895, mas só atingiu sua forma final em 1902. Jamais foi muito poderosa em termos numéricos, mas sua influência decorria do fato de que, nos momentos de crise, muitos que não eram seus membros se mostravam dispostos a seguir sua orientação. Seu número de sócios, no ano anterior à guerra, é calculado pelo sr. Cole em mais de meio milhão. Os *syndicats* foram legalizados por Waldeck-Rousseau em 1884; e a CGT, na época de sua fundação em 1895, era formada pela federação de 700 sindicatos. Além dessa organização, existia outra, a *Fédération des Bourses du Travail*, fundada em 1893. Uma *Bourse du Travail* é uma organização local, não apenas de uma profissão, mas do trabalho local em geral, com intenção de servir como uma Bolsa do Trabalho (*Labour Exchange*) e realizar, para os trabalhadores, funções como as que as Câmaras de Comércio realizam para o empregador[6]. Um *syndicat* é uma organização de uma única indústria e, assim, uma unidade menor do que a *Bourse du Travail*[7]. Sob a hábil direção de Pelloutier, a *Fédération des Bourses* prosperou mais do que a CGT e, por fim, em 1902, uniu-se a ela. O resultado disso foi uma organização em que o *syndicat* local era duas vezes federado, uma vez com os outros *syndicats* em sua localidade, formando juntos a *Bourse du Travail* local, e outra com os *syndicats* da mesma indústria em outros lugares.

Era finalidade da nova organização assegurar duplamente a afiliação de cada sindicato, fazer com que se unisse tanto à sua *Bourse du Travail* local como à federação da indústria a que pertencia. Os estatutos da CGT (I. 3) expõem este ponto claramente: "Sindicato algum poderá fazer parte da CGT se não estiver federado nacionalmente e não pertencer a uma *Bourse du Travail* ou a uma união local ou departamental de sindicatos, que reúna associações diferentes".

---

6. Cole, ibid., p. 65.
7. "*Syndicat*, na França, ainda significa uma união *local*. No momento, há apenas quatro *syndicats* nacionais" (ibid., p. 66).

Desse modo, explica M. Lagardelle, as duas seções corrigirão o ponto de vista uma da outra: a federação nacional das indústrias impedirá o paroquialismo (*localisme*), e a organização local controlará o espírito corporativo ou 'sindical'. Os trabalhadores aprenderão, de uma só vez, a solidariedade de todos os trabalhadores numa localidade e a de todos os trabalhadores de uma mesma profissão, e, ao aprender tal coisa, aprenderão a solidariedade completa de toda a classe trabalhadora[8].

Essa organização foi, em grande parte, obra de Pelloutier, secretário da *Fédération des Bourses* desde 1894 até sua morte, em 1901. Era ele um comunista anarquista e imprimiu suas idéias na *Fédération* e, depois, postumamente, na CGT após sua união com a *Fédération des Bourses*. Chegou mesmo a levar seus princípios à direção da Federação: o comitê não tinha presidente e raramente havia votação. Declarava ele que "a tarefa da revolução é libertar a humanidade não apenas de toda autoridade mas também de toda instituição que não tenha como finalidade essencial o desenvolvimento da produção".

A CGT permite muita autonomia a cada unidade na organização. Cada sindicato conta como uma unidade, quer seja grande ou pequeno. Não existem as atividades da sociedade de assistência mútua, que constituem grande parte do trabalho dos sindicatos ingleses. Ela não dá ordens, limitando-se a aconselhar. Não permite que a política seja introduzida nos sindicatos. Essa decisão se baseou, a princípio, no fato de as divergências entre socialistas desagregarem os sindicatos, mas é hoje reforçada no espírito de uma parte importante de seus membros pela aversão geral dos anarquistas pela política. A CGT é, essencialmente, uma organização de luta: nas greves, é o núcleo a que os outros trabalhadores se juntam.

Há uma seção reformista na CGT, mas na prática sempre representa uma minoria, sendo a CGT, para todos os fins e propósitos,

---

8. Cole, ibid., p. 69.

o órgão do sindicalismo revolucionário, que é simplesmente o credo de seus líderes.

A doutrina essencial do sindicalismo é a luta de classes, a ser conduzida mais por métodos industriais do que por métodos políticos. Os principais métodos industriais defendidos são a greve, o boicote, os cartazes e a sabotagem.

O boicote, em suas várias formas, e o letreiro mostrando que o trabalho foi feito nas condições sindicais têm desempenhado papel importante nas lutas trabalhistas norte-americanas.

A sabotagem é a prática de realizar mal o trabalho, ou danificar a maquinaria ou o trabalho já feito, como método de lidar com os empregadores em alguma disputa, quando a greve, por algum motivo, parece indesejável ou impossível. Possui muitas formas, algumas são claramente inocentes, outras dão margem a sérias objeções. Uma forma de sabotagem que tem sido adotada por balconistas de casas comerciais é dizer aos fregueses a verdade a respeito dos artigos que estão comprando: essa forma, embora possa causar prejuízo aos donos das casas comerciais, não é fácil de condenar com base em motivos morais. Uma modalidade que tem sido adotada em estradas de ferro, sobretudo em greves italianas, é obedecer a todas as normas de maneira tão literal e exata que torna praticamente impossível a circulação dos trens. Outra forma é fazer todo o trabalho com minucioso cuidado, de modo que, no fim, ele se apresenta muito mais bem feito, mas com menor rendimento. Partindo dessas formas há uma progressão contínua, até chegarmos aos atos que qualquer moral comum consideraria criminosos – como, por exemplo, causar acidentes ferroviários. Os defensores da sabotagem justificam-na como parte da guerra, mas, em suas formas mais violentas (que são raramente defendidas), é uma coisa cruel e talvez inconveniente, embora mesmo em suas formas mais moderadas deva tender a encorajar hábitos desleixados de trabalho, que poderão facilmente persistir sob o novo regime que os socialistas desejam introduzir. Ao mesmo tempo, enquanto os capitalistas manifestam aversão moral a tais métodos, vale a pena observar que eles próprios são os primeiros a praticá-los quando a ocasião lhes parece apropriada. Se o relato é digno de fé, um exemplo disso em escala bastante ampla foi visto durante a Revolução Russa.

De todos os métodos sindicalistas, a greve é de longe o mais importante. As greves comuns, para fins específicos, são encaradas como ensaios, como um meio de aperfeiçoar a organização e despertar o entusiasmo, mas, mesmo quando são vitoriosas no que diz respeito ao ponto específico em disputa, não são vistas pelos sindicalistas como coisa que contribua, de alguma maneira, para a paz industrial. Ao lançar mão da greve, os sindicalistas não pretendem assegurar quaisquer melhorias isoladas que os empregadores possam conceder, mas destruir todo o sistema de empregador e empregado e conquistar a emancipação integral do trabalhador. Para tal fim, o que se deseja é a Greve Geral, a completa cessação do trabalho por parte de uma proporção suficiente de assalariados para garantir a paralisação do capitalismo. Sorel, que é o grande representante do sindicalismo na mente do público leitor, sugere encarar a Greve Geral como um mito, tal como o Segundo Advento na doutrina cristã. Mas tal opinião não convém de modo algum aos sindicalistas ativos. Se fossem levados a acreditar que a Greve Geral é um simples mito, sua energia se debilitaria, e toda sua perspectiva se dissiparia em desilusão. É a crença real, em sua vívida possibilidade, que os inspira. São muito criticados por tal crença pelos socialistas políticos, que acham que a batalha deve ser ganha mediante a obtenção de maioria parlamentar. Mas os sindicalistas depositam pouquíssima confiança na honestidade dos políticos para confiar em tal método ou acreditar no valor de alguma revolução que deixe intacto o poder do Estado.

Os objetivos sindicalistas são um tanto menos definidos do que seus métodos. Os intelectuais que procuram interpretá-los – nem sempre de maneira muito fiel – os apresentam como um partido de movimento e transformação, seguindo um *élan vital* bergsoniano, sem necessidade de qualquer previsão muito clara do objetivo a que ele deverá conduzi-los. Não obstante, pelo menos a parte negativa de seus objetivos é suficientemente clara. Eles desejam destruir o Estado, que consideram uma instituição capitalista, destinada essencialmente a aterrorizar os trabalhadores. Recusam-se a acreditar que a situação seria de algum modo melhor sob o socialismo de Estado. Desejam ver cada indústria governada por si mesma, mas, quanto aos meios de ajustar as relações entre as diferentes indústrias, não são muito claros. São antimilitaristas porque são anti-Estado e porque as tropas francesas foram empregadas muitas vezes contra eles nas greves – e também porque são internacionalistas, que acreditam que o único interesse do trabalhador em toda parte é libertar-se da tirania do capitalista. Sua visão de vida é inteiramente diversa da do pacifista, mas se opõem às guerras entre os Estados, baseados na crença de que elas não buscam objetivos que possam, de algum modo, interessar aos trabalhadores. Seu antimilitarismo, mais do que qualquer outra coisa, os pôs em conflito com as autoridades nos anos que precederam a guerra. Mas, como era de esperar, não sobreviveu à invasão real da França.

As doutrinas do sindicalismo podem ser ilustradas por um artigo que o apresenta aos leitores ingleses, publicado no primeiro número do *Syndicalist Railwayman*, em setembro de 1911, da qual é tirada a seguinte citação:

> "Todo sindicalismo, coletivismo, anarquismo têm por objetivo abolir o estado econômico atual e a propriedade privada existente da maioria das coisas; mas, ao passo que o coletivismo introduziria a propriedade por todos e o anarquismo a propriedade por ninguém, o sindicalismo tem por objetivo a propriedade pelo Trabalho Organizado. É, pois, uma versão puramente sindical da doutrina econômica e da luta de classes pregadas pelo socialismo. Repudia, veementemente, a

ação parlamentar, em que se baseia o coletivismo; e está, nesse sentido, muito mais ligado ao anarquismo, do qual difere, na prática, apenas por ter um raio de ação mais limitado" (*Times*, 24 de agosto de 1911).

É, na verdade, tão tênue a separação entre o sindicalismo e o anarquismo, que o 'ismo' mais novo e menos familiar foi astuciosamente definido como 'Anarquia Organizada'. Foi criado pelos sindicatos da França; mas é, evidentemente, uma planta internacional cujas raízes já acharam o solo britânico sumamente propício para seu crescimento e frutificação.

O socialista coletivista ou marxista desejaria fazer-nos acreditar que se trata, claramente, de um movimento *trabalhista* – mas não é assim. Como também não o é o anarquismo. Um é substancialmente *burguês*; o outro, *aristocrático*, havendo, ainda, em ambos os casos, uma abundante produção de erudição livresca. O sindicalismo, ao contrário, é indubitavelmente *trabalhista* em sua origem e objetivo, não devendo quase nada às 'classes' e decidido, com efeito, a extirpá-las. O *Times* (13 de outubro de 1910), que, quase sozinho na imprensa britânica, honrosamente se manteve a par do sindicalismo continental, expõe com clareza o significado da Greve Geral: "A fim de compreender o que ela significa, devemos nos lembrar de que há, na França, uma poderosa organização trabalhista, a qual tem, como objetivo declarado e aberto, uma revolução em que não apenas a ordem atual da sociedade, mas o próprio Estado, deverão ser banidos. Tal movimento é chamado sindicalismo. Não se trata de socialismo, mas, ao contrário, opõe-se radicalmente a ele, pois os sindicalistas afirmam que o Estado é o grande inimigo e que o ideal socialista de Estado ou de propriedade coletiva tornaria o quinhão dos trabalhadores muito pior do que é hoje sob empregadores privados. O meio pelo qual esperam atingir seu fim é a Greve Geral, idéia que foi inventada por um trabalhador francês há cerca de vinte anos[9] e adotada pelo Congresso Trabalhista francês em 1894, após furiosa batalha com os socialistas, em que estes foram derrotados. Desde então, a Greve Geral tem sido a polí-

---

9. Na verdade, a Greve Geral foi inventada por um londrino, William Benbow, um seguidor de Owen, em 1831.

tica confessa dos sindicalistas, cuja organização é a Confédération Générale du Travail".

Ou, para dizer as coisas de outra maneira, o inteligente trabalhador francês despertou, como acredita, para o fato de que a sociedade (*societas*) e o Estado (*civitas*) designam duas esferas separáveis de atividade humana, entre as quais não há conexão necessária ou desejável. Sem uma delas, o homem, sendo um animal gregário, não pode subsistir; sem a outra, viveria simplesmente na opulência. O 'estadista' a quem seu posto não torna definitivamente abominável é, na melhor das hipóteses, uma superfluidade dispendiosa.

Os sindicalistas tiveram muitos choques violentos com as forças do governo. Em 1907 e 1908, protestando contra o derramamento de sangue ocorrido na repressão a greves, o comitê da CGT lançou manifestos referindo-se ao governo como "um governo de assassinos" e aludindo ao primeiro-ministro como "Clemenceau, o assassino". Acontecimentos semelhantes durante a greve em Villeneuve St. Georges, em 1908, culminaram na detenção de todos os membros principais do comitê. Na greve ferroviária de outubro de 1910, monsieur Briand prendeu o comitê de greve, mobilizou os ferroviários e enviou soldados para substituir os grevistas. Como resultado dessas medidas vigorosas, a greve foi completamente sufocada, e, depois disso, a energia principal da CGT dirigiu-se contra o militarismo e o nacionalismo.

A atitude do anarquismo perante o movimento sindicalista é de simpatia, com a ressalva de que métodos como o da greve geral não devem ser encarados como substitutos da revolução violenta que a maioria dos anarquistas considera necessária. Sua posição nessa matéria foi definida no Congresso Internacional Anarquista, realizado em Amsterdã em agosto de 1907. Esse congresso recomendou que

os camaradas de todos os países participem ativamente de movimentos autônomos da classe trabalhadora e transformem em organizações sindicalistas as idéias de revolta, iniciativa individual e solidariedade, que constituem a essência do anarquismo.

Os camaradas deviam "propagar e apoiar apenas aquelas formas e manifestações de ação direta que têm, por si próprias, caráter revolucionário e conduzem à transformação da sociedade". Ficou decidido que

> os anarquistas acham que a destruição da sociedade capitalista e autoritária só pode ser realizada mediante insurreição armada e expropriação violenta, e que o emprego da greve mais ou menos geral e do movimento sindicalista não deve nos fazer esquecer os meios mais diretos de luta contra a força militar do governo.

Os sindicalistas poderiam replicar que, quando o movimento é suficientemente forte para vencer pela insurreição armada, será também abundantemente poderoso para vencer por meio da greve geral. Nos movimentos trabalhistas, em geral, dificilmente se pode contar com o êxito pela violência, exceto em circunstâncias em que o êxito sem violência é alcançável. Esse argumento apenas, mesmo que não houvesse outros, seria uma razão poderosa contra os métodos defendidos pelo Congresso Anarquista.

O sindicalismo representa o que se conhece hoje como sindicalismo industrial, em contraposição ao sindicalismo de profissão. Nesse sentido, como também quanto a sua preferência pelos métodos industriais, em vez de políticos, faz parte de um movimento que se estendeu muito além da França. A diferença entre sindicalismo industrial e profissional é bastante frisada pelo sr. Cole. O sindicalismo profissional

> reúne numa única associação todos os trabalhadores que se acham envolvidos num único processo industrial, ou em processos tão semelhantes que qualquer pessoa possa fazer o trabalho de outra.

Mas:

a organização pode seguir as linhas gerais não do trabalho que é realizado, mas da estrutura real da indústria. Todos os operários que trabalham na produção de uma espécie particular de mercadoria podem se organizar num único sindicato. [...] A base da organização não seria nem a profissão a que um homem pertencesse, nem o empregador para o qual trabalhasse, mas o serviço em que estivesse empenhado. Isso é o que constitui o *Sindicalismo Industrial* propriamente dito[10].

O sindicalismo industrial é um produto dos Estados Unidos, de onde se estendeu, em certa medida, à Grã-Bretanha. É a forma natural de organização de luta quando o sindicato é considerado o meio de efetuar a luta de classes com vistas não à obtenção dessa ou daquela pequena melhoria, mas a uma revolução radical no sistema econômico. Esse é o ponto de vista adotado pela Industrial Workers of the World, geralmente conhecida como IWW. Essa organização corresponde, nos Estados Unidos, mais ou menos ao que era a CGT na França antes da guerra. As diferenças existentes entre as duas se devem às circunstâncias econômicas diversas dos dois países, mas seu espírito é estreitamente análogo. A IWW não é unânime quanto à forma final que deseja que a sociedade adote. Há, entre seus membros, socialistas, anarquistas e sindicalistas. Mas é clara quanto à questão prática imediata: que a luta de classes constitui a realidade fundamental das relações atuais entre o trabalho e o capital, e que é mediante a ação industrial, sobretudo a greve, que se deve buscar a emancipação. A IWW, como a CGT, está longe de ser tão poderosa numericamente como supõem aqueles que a temem. Sua influência se baseia não no número de seus membros, mas em seu poder de captar a simpatia dos trabalhadores em momentos de crise.

O movimento trabalhista nos Estados Unidos tem se caracterizado, de ambas as partes, por grande violência. Com efeito, o secre-

---

10. *World of labour*, pp. 212-3.

tário da CGT, monsieur Jouhaux, reconhece que a CGT é branda em comparação com a IWW. "A IWW", afirma ele, "prega uma política de ação militante, muito necessária em algumas partes dos Estados Unidos, que não teria efeito na França"[11]. Uma descrição muito interessante dele – do ponto de vista de um autor que não está nem inteiramente do lado dos trabalhadores, nem inteiramente do lado dos capitalistas, mas ansioso de forma desinteressada para encontrar alguma solução para a questão social, fora da violência e da revolução – é a que se lê na obra do sr. John Graham Brooks, intitulada *American syndicalism: the IWW* (Macmillan, 1913). As condições de trabalho nos Estados Unidos são muito diferentes das da Europa. Em primeiro lugar, o poder dos trustes é enorme: a esse respeito, a concentração de capital se verificou, nos Estados Unidos, muito mais de acordo com as linhas traçadas por Marx do que em qualquer outro lugar. Em segundo lugar, o grande afluxo de trabalho estrangeiro torna todo o problema inteiramente diferente de qualquer um que aparece na Europa. Os trabalhadores especializados mais antigos, quase todos nascidos nos Estados Unidos, há muito se organizaram na American Federation of Labour, sob a direção do sr. Gompers. Eles representam a aristocracia do proletariado. Tendem a agir com os empregadores contra a grande massa de imigrantes não-especializados e não podem ser considerados integrantes de coisa alguma que pudesse ser verdadeiramente chamada de movimento trabalhista. "Há hoje nos Estados Unidos", diz Cole,

> duas classes de trabalhadores, com padrões de vida diferentes, e ambas são, no momento, quase impotentes diante dos empregadores. Não é possível que essas duas classes se unam ou apresentem reivindicações comuns [...] A American Federation of Labour e a Industrial Workers of the World representam dois princípios diferentes de agrupamento; mas representam, também, duas classes diferentes de trabalho[12].

---

11. Citado em Cole, ibid., p. 128.
12. Ibid., p. 135.

A IWW representa o sindicalismo industrial, enquanto a American Federation of Labour representa o sindicalismo profissional. A IWW foi formada em 1905 pela união de várias organizações, das quais a principal era a Western Federation of Miners, que data de 1892. Sofreram uma cisão pela perda dos adeptos de Deleon, que era o líder do Partido Socialista Trabalhista e advogava uma política de 'Não vote', além de ser contrário a métodos violentos. A sede do partido por ele fundado localiza-se em Detroit, e a de seu tronco principal em Chicago. A IWW, embora possua uma filosofia menos definida do que a do sindicalismo francês, está igualmente decidida a destruir o sistema capitalista. Como disse seu secretário: "Só há um acordo que a IWW fará com a classe dos empregadores: *a entrega completa de todo controle da indústria aos trabalhadores organizados*"[13]. O sr. Haywood, da Western Federation of Miners, é adepto incondicional de Marx no que se refere à luta de classes e à doutrina da mais-valia. Mas, como todos os que se acham nesse movimento, ele atribui mais importância à ação industrial, em contraposição à ação política, do que os adeptos europeus de Marx. Isso é em parte explicável, sem dúvida, pelas circunstâncias especiais nos Estados Unidos, onde os imigrantes recentes tendem a não ter direito de voto. A quarta convenção da IWW reviu um preâmbulo em que são apresentados os princípios gerais subjacentes à sua ação. "A classe trabalhadora e a classe empregadora", dizem eles,

> não têm nada em comum. Não poderá haver paz enquanto houver fome e necessidade entre milhões de trabalhadores, e enquanto os poucos que constituem a classe dos empregadores dispuserem de todas as coisas boas da vida. A luta deverá prosseguir, entre essas duas classes, até que os trabalhadores do mundo se organizem como uma única classe, tomem conta da terra e da maquinaria de produção e acabem com o sistema de salário [...] Em lugar do lema 'Salário diário

---

13. Brooks, op. cit., p. 79.

justo para um dia de trabalho justo', devemos inscrever em nosso estandarte a divisa revolucionária 'Abolição do sistema de salário'[14].

Inúmeras greves foram conduzidas ou encorajadas pela IWW e pela Western Federation of Miners. Essas greves constituem um exemplo de luta de classes de forma mais amarga e extrema do que se pode ver em qualquer outra parte do mundo. Ambos os lados estão sempre prontos a lançar mão da violência. Os empregadores possuem exércitos próprios, podendo ainda apelar para a milícia e até, em caso de crise, para o exército dos Estados Unidos. O que os sindicalistas franceses dizem a respeito do Estado como instituição capitalista é peculiarmente verdadeiro nos Estados Unidos. Em conseqüência dos escândalos resultantes de tal situação, o governo federal designou uma Comissão de Relações Industriais, cujo relatório, publicado em 1915, revela um estado de coisas tal que seria difícil de imaginar na Grã-Bretanha. Diz o relatório que "as maiores desordens e a maior parte das explosões de violência relacionadas com as disputas industriais surgem da violação do que se consideram direitos fundamentais e da distorção ou subversão de instituições governamentais" (p. 146). Menciona, entre tais distorções, a subserviência do judiciário às autoridades militares,[15] o fato de que, durante uma disputa trabalhista, a vida e a liberdade de cada cidadão dentro do Estado parecem estar à mercê do governador (p. 72) e o emprego das tropas estaduais no policiamento de greves (p. 298).

---

14. Ibid., pp. 86-7.
15. "Embora se afirme, invariavelmente, que o mandado de *habeas corpus* só pode ser suspenso pelo poder legislativo, o poder executivo tem, de fato, em tais perturbações do trabalho, anulado ou menosprezado o mandado [...] Nos casos decorridos de agitações trabalhistas, o judiciário tem apoiado, invariavelmente, o poder exercido pelos militares, e em nenhum dos casos houve protesto contra o uso desse poder ou alguma tentativa de cerceá-lo, exceto em Montana, onde a condenação de um civil por uma comissão militar foi anulada" ("Relatório Final da Comissão de Relações Industriais (1915) nomeada pelo Congresso dos Estados Unidos", p. 58).

Em 20 de abril de 1914, ocorreu em Ludlow, Colorado, um choque entre a milícia e os mineiros, em que inúmeras mulheres e crianças morreram queimadas em conseqüência do ataque da milícia[16]. Muitos outros exemplos de confrontos violentos poderiam ser apresentados, mas já se disse o suficiente para mostrar o caráter peculiar às disputas trabalhistas nos Estados Unidos. Pode-se presumir, temo eu, que tal caráter permanecerá enquanto uma proporção muito grande de trabalhadores consistir em imigrantes recentes. Quando tais dificuldades já não existirem, como deverá acontecer mais cedo ou mais tarde, o trabalho encontrará cada vez mais seu lugar na comunidade e tenderá a sentir e inspirar menos da hostilidade amarga que torna possíveis as formas mais extremas da luta de classes. Quando chegar esse dia, o movimento trabalhista nos Estados Unidos provavelmente começará a adquirir formas semelhantes às que existem na Europa.

Por enquanto, embora as formas sejam diferentes, os objetivos são muito similares, e o sindicalismo industrial, estendendo-se a partir dos Estados Unidos, exerceu considerável influência na Grã-Bretanha – uma influência reforçada, naturalmente, pela do sindicalismo francês. É claro, penso, que a adoção de um sindicalismo industrial, mais do que o sindicalismo profissional, é absolutamente necessária para que o sindicalismo consiga desempenhar aquele papel na modificação da estrutura econômica da sociedade que seus defensores reivindicam mais para ele do que para os partidos políticos. O sindicalismo industrial organiza os homens – diferentemente do profissional – de acordo com o inimigo contra o qual têm de lutar. O sindicalismo inglês está ainda muito longe da forma industrial, embora certas indústrias, em especial a dos ferroviários, encarem com peculiar simpatia tanto o sindicalismo francês como o sindicalismo industrial.

---

16. *Literary Digest*, 2 e 16 de maio de 1914.

Todavia, não é muito provável que o sindicalismo puro alcance grande popularidade na Grã-Bretanha. Seu espírito é demasiado revolucionário e anárquico para nosso temperamento. É na forma modificada de socialismo de guilda que as idéias derivadas da CGT e da IWW tendem a produzir frutos[17]. Esse movimento está ainda em sua infância e não possui grande influência sobre a massa dos trabalhadores, mas está sendo habilmente defendido por um grupo de jovens e rapidamente ganhando terreno entre os que formarão a opinião trabalhista em anos vindouros. O poder do Estado aumentou tanto durante a guerra que aqueles que são naturalmente contrários ao atual estado de coisas acham cada vez mais difícil acreditar que a onipotência do Estado possa ser o caminho para o milênio. Os socialistas de guilda têm por objetivo a autonomia na indústria, com a conseqüente redução, mas não abolição, do poder do Estado. O sistema que advogam é, creio eu, o melhor até agora proposto e o mais capaz de assegurar a liberdade sem os constantes apelos à violência que se devem recear sob um regime puramente anarquista.

---

17. As idéias do socialismo de guilda foram primeiro expostas em *National guilds*, obra editada por A. R. Orage (Bell and Sons, 1914), e em *World of labour*, de Cole (Bell and Sons), lançado em 1913. As obras *Self-government in industry*, de Cole (Bell and Sons, 1917), e *The meanings of national guilds*, de Reckitt e Bechhofer (Palmer and Hayward, 1918), devem também ser lidas, bem como vários panfletos publicados pela National Guilds League. A atitude dos sindicalistas para com o socialismo de guilda está longe de ser simpática. Um artigo estampado no *Syndicalist* de fevereiro de 1914 refere-se a ele nos seguintes termos: "Classe média da classe média, com todos os defeitos (quase dissemos 'cretinices') das classes médias estampados nele, o 'socialismo de guilda' apresenta-se como a mais recente lucubração da classe média. Constitui um 'roubo descarado' das principais idéias do sindicalismo e uma deliberada corrupção delas [...] Protestamos, sim, contra a idéia de 'Estado' [...] no socialismo de guilda. As pessoas da classe média, mesmo quando se tornam socialistas, não conseguem se libertar da idéia de que a classe operária lhes é 'inferior', de que os trabalhadores precisam ser 'educados', adestrados, disciplinados e, de modo geral, tutelados durante muito tempo antes que sejam capazes de andar por si próprios. Justamente o contrário é o que constitui a verdade [...] Não dizemos senão a pura verdade ao afirmar que o trabalhador assalariado comum, de inteligência mediana, é mais capaz de tomar conta de si próprio do que o homem 'meio educado' da classe média que deseja aconselhá-lo. Ele sabe como fazer girar as rodas do mundo".

O primeiro panfleto da National Guilds League estabelece seus princípios básicos. Na indústria, cada fábrica deve ser livre para controlar seus próprios métodos de produção mediante administradores eleitos. As diferentes fábricas de determinada indústria devem pertencer a uma Guilda Nacional, que tratará do *marketing* e dos interesses da indústria como um todo.

O Estado teria nas mãos os meios de produção, como curador pela comunidade: as guildas os administrariam, também como curadoras pela comunidade, e pagariam ao Estado um único imposto ou renda. Qualquer guilda que procurasse colocar seus próprios interesses acima dos da comunidade estaria violando a confiança que lhe fora depositada e teria de curvar-se ao julgamento de um tribunal que representasse, igualmente, todo o corpo de produtores e todo o corpo de consumidores. Esse Comitê Conjunto seria o supremo organismo soberano, a corte de apelação final da indústria. Não apenas fixaria a tributação das guildas, como também os preços padronizados, e tanto a tributação como os preços seriam por ele reajustados periodicamente.

Cada guilda será inteiramente livre para distribuir suas receitas entre seus membros como lhe convier, sendo seus membros todos aqueles que trabalham na indústria por ela abrangida.

A distribuição dessa receita coletiva da guilda entre seus membros parece uma questão para cada guilda resolver por si própria. Se as guildas, mais cedo ou mais tarde, adotariam ou não o princípio de pagamento igual a cada membro é assunto aberto a discussão.

O socialismo de guilda aceita do socialismo a visão de que a liberdade não deverá ser assegurada pela transformação do Estado em empregador: "O Estado e a municipalidade como empregadores demonstraram não diferir essencialmente do capitalista privado". Na visão dos socialistas de guilda, o Estado consiste na comunidade em sua capacidade de consumidores, enquanto as guildas irão representá-la em sua capacidade de produtores. Assim, o Parlamento e o Congresso das Guildas serão dois poderes representando, no mesmo pé de igualdade, consumidores e produtores respectivamente. Acima deles, estarão o Comitê Conjunto do Parlamento e o Congresso das Guildas para decidir questões relativas tanto aos interesses dos consumidores como dos produtores. A opinião dos socialistas de guilda é de que o socialismo de Estado leva em conta os homens apenas como consumidores, enquanto o sindicalismo os leva em conta apenas como produtores. "O problema", dizem os socialistas de guilda,

> é conciliar os dois pontos de vista. Isso é o que se propõem fazer os defensores das Guildas Nacionais. O sindicalista tem reivindicado tudo para as organizações industriais de produtores, e o coletivista, tudo para as organizações territoriais ou políticas de consumidores. Ambos os grupos são passíveis da mesma crítica; não é possível conciliar os dois pontos de vista simplesmente ignorando um deles[18].

Mas, embora o socialismo de guilda represente uma tentativa de acordo entre dois pontos de vista igualmente legítimos, seu impulso e sua força provêm do que ele tirou do sindicalismo. À semelhança do sindicalismo, ele não deseja primordialmente tornar o trabalho mais bem remunerado, mas assegurar tal resultado juntamente com outros ao torná-lo em si mesmo mais interessante e de organização mais democrática.

O capitalismo fez do trabalho uma atividade puramente comercial, uma coisa sem alma e sem alegria. Substitua-se, porém, o lucro de uns poucos pelo serviço nacional das guildas; substitua-se uma mercadoria vendável pelo trabalho responsável; substituam-se a burocracia e a desmoralizante enormidade do Estado moderno e da socie-

---

18. As citações acima são extraídas, todas, do primeiro panfleto da National Guilds League, *National guilds: an appeal to trade unionists*.

dade anônima moderna pelo autogoverno e pela descentralização – e então se poderá de novo falar em 'alegria no trabalho' e novamente esperar que os homens se sintam orgulhosos da qualidade e não apenas da quantidade de seu trabalho. Há uma cantilena de Idade Média, e uma cantilena de 'alegria no trabalho', mas seria melhor, talvez, arriscarmos essa cantilena do que nos reconciliarmos para sempre com a filosofia do capitalismo e do coletivismo, a qual declara que o trabalho é um mal necessário que jamais se tornará agradável, e que a única esperança do trabalhador é um tempo livre que será mais longo, mais rico e bem adornado de amenidades municipais[19].

Não importa o que se pense da praticabilidade do sindicalismo, não há dúvida de que as idéias que ele lançou no mundo muito fizeram para revivificar o movimento trabalhista e relembrar-lhe certas coisas de importância fundamental que ele corria o risco de esquecer. Os sindicalistas vêem o homem mais como produtor do que como consumidor. Estão mais interessados em obter liberdade no trabalho do que em aumentar o bem-estar material. Reavivaram a busca da liberdade, que estava se tornando um tanto quanto obscurecida sob o regime do socialismo parlamentar, e lembraram os homens de que nossa sociedade moderna precisa não apenas de um pequeno remendo aqui e acolá, nem da espécie de reajustes secundários com que os detentores do poder podem facilmente concordar, mas de uma reconstrução fundamental, um banimento de todas as fontes de opressão, uma libertação das energias construtivas do homem e um modo inteiramente novo de conceber e regulamentar a produção e as relações econômicas. Esse mérito é tão grande que, diante dele, todos os defeitos menores se tornam insignificantes – e tal mérito o sindicalismo continuará a possuir, mesmo que, como movimento definido, venha a extinguir-se com a guerra.

---

19. *The guild idea*, o segundo dos panfletos da National Guilds League, p. 17.

Segunda Parte
PROBLEMAS DO FUTURO

Capítulo IV
Trabalho e remuneração

O homem que procura criar uma ordem social melhor tem de lutar contra duas resistências: a da natureza e a de seus semelhantes. Em termos gerais, é a ciência que lida com a resistência da natureza, enquanto a política e a organização social constituem os métodos de vencer a resistência dos homens. O fato fundamental em economia é que a natureza só produz bens como resultado do trabalho. A necessidade de *algum* trabalho para a satisfação de nossas necessidades não é imposta por sistemas políticos ou pela exploração das classes trabalhadoras; ela se deve a leis físicas, que o reformador, como qualquer outra pessoa, deve admitir e estudar. Antes que qualquer projeto econômico otimista possa ser aceito como viável, devemos examinar se as condições físicas de produção impõem um veto inalterável, ou se elas podem ser suficientemente modificadas pela ciência e pela organização. No exame dessa questão, duas ciências relacionadas devem ser consideradas: primeiro, a doutrina de Malthus relativa às populações; e, segundo, a visão mais vaga, mas bastante difundida, de que todo o excedente além das meras necessidades da vida só pode ser produzido se a maioria dos homens trabalhar longas horas em tarefas monótonas ou penosas, deixando poucos momentos de lazer para uma existência civilizada ou uma satisfação racional. Não acredito que qualquer um desses obstáculos ao otimismo sobreviva a um escrutínio rigoroso. A possibilidade de aperfeiçoamento técnico dos métodos de produção é, creio eu, tão grande que, ao menos durante ainda muitos séculos, não haverá nenhuma barreira inevitável ao progresso do bem-estar geral mediante o simultâneo aumento de mercadorias e a diminuição das horas de trabalho.

Esse assunto foi estudado especialmente por Kropotkin, que, não importa o que se pense de suas teorias políticas gerais, é extraordinariamente instrutivo, concreto e convincente em tudo o que diz sobre as possibilidades da agricultura. Os socialistas e anarquistas, em geral, são produtos da vida industrial, e poucos entre eles têm algum conhecimento prático a respeito de produção de alimentos. Kropotkin, porém, é uma exceção. Seus dois livros, *The conquest of bread* e *Fields, factories, and workshops*, contêm informações pormenorizadas sobre o assunto e, mesmo levando bastante em conta certo viés otimista, não creio ser possível negar que eles demonstram possibilidades em que poucos de nós teríamos, de outro modo, acreditado.

Malthus afirmava, com efeito, que a população tende a aumentar até o limite da subsistência, que a produção de alimento se torna mais cara à medida que a população cresce, e que, portanto, excetuando períodos excepcionais em que novas descobertas produzem alívios temporários, o grosso da humanidade deveria sempre se encontrar no nível mais baixo coerente com a sobrevivência e a reprodução. Aplicada às raças civilizadas do mundo, tal doutrina está se tornando falsa pelo rápido declínio do índice de natalidade, mas, à parte tal declínio, há muitas outras razões pelas quais a doutrina não pode ser aceita, pelo menos com respeito ao futuro próximo. O século decorrido após Malthus ter escrito seus trabalhos presenciou uma enorme melhora no padrão de conforto em toda a classe assalariada e, devido ao aumento da produtividade do trabalho, uma elevação muitíssimo maior no padrão de conforto poderia ter sido atingida, se um sistema de distribuição mais justo tivesse sido introduzido. Em outras épocas, quando o trabalho de um homem não produzia muito mais do que aquilo de que ele necessitava para sua própria subsistência, era impossível reduzir substancialmente as horas normais de trabalho, ou aumentar substancialmente a proporção da população que desfrutava mais do que as coisas meramente indispensáveis à vida. Mas essa situação foi superada pelos métodos modernos de produção. Nos últimos anos, não apenas muita gente desfrutou uma renda confortável derivada de aluguéis ou juros, mas, também, quase a metade da população da maioria dos países civilizados do mundo se empenhou não na produção de mercadorias, mas em atividades bélicas ou na fabricação de munição de guerra. Em tempos de paz, toda essa metade poderia ser mantida na ociosidade sem que isso tornasse a outra metade mais pobre do que ela teria sido se a guerra houvesse continuado; e se aquela mesma metade, em vez de se conservar ociosa, fosse empregada produtivamente, o todo que produziria seria um excedente divisível ao lado dos salários atuais. A produtividade atual do trabalho na Grã-Bretanha seria suficiente para produzir uma renda diária de cerca de uma libra esterlina para cada família, mesmo sem contar com os aperfeiçoamentos em métodos que obviamente são possíveis de imediato.

Mas, dir-se-á, à medida que a população aumenta, o preço dos alimentos deve por fim aumentar, à medida também que as fontes de abastecimento no Canadá, na Argentina, na Austrália e em outros lugares forem sendo cada vez mais exauridas. Deverá chegar uma época, como afirmam os pessimistas, em que os alimentos irão se tornar tão caros que o assalariado comum disporá de menor excedente para gastar em outras coisas. Pode-se admitir que isso seria verdadeiro num futuro muito distante se a população continuasse a aumentar ilimitadamente. Se toda a superfície do mundo fosse tão densamente povoada como Londres o é hoje em dia, haveria a necessidade, sem dúvida, de quase todo o trabalho da população para produzir o alimento necessário nos poucos espaços restantes para a agricultura. Mas não há razão para supor que a população continuará a aumentar de modo indefinido, e, de qualquer modo, tal perspectiva é tão remota que poderá ser ignorada em todas as considerações práticas.

Deixando essas sombrias especulações e voltando aos fatos expostos por Kropotkin, seus escritos provam que, mediante métodos de cultivo intensivos, que já estão em operação, a quantidade de alimento produzida em determinada área pode ser aumentada muito além do que a maioria das pessoas desinformadas julga possível. Falando dos horticultores na Grã-Bretanha, nas imediações de Paris e outros lugares, diz ele:

> Eles criaram uma agricultura totalmente nova. Sorriem quando nos vangloriamos dos sistemas rotativos que nos permitem obter do campo uma colheita todos os anos, ou quatro colheitas em cada três anos, pois sua ambição é ter de seis a nove colheitas no mesmo pedaço de terra durante os doze meses. Não compreendem nossa conversa a respeito de solos bons e ruins, pois eles próprios fazem o solo, e o fazem em tal quantidade que são obrigados, anualmente, a vender uma parte dele: de outro modo, o nível de suas hortas se elevaria meia polegada por ano. Eles têm em vista colheitas não apenas de 5 ou 6 toneladas de verdura por acre, como fazemos, mas de 50 a 100 toneladas de vários legumes e verduras nesse mesmo espaço; não uma produção de 5 libras esterlinas de feno, mas 100 libras esterlinas de legumes e verduras dos mais comuns, como repolho e cenoura[1].

Quanto ao gado, ele menciona que o sr. Champion cultiva em cada acre, em Whitby, o alimento para duas a três cabeças de gado, enquanto em condições normais de agricultura avançada são necessários dois ou três acres para manter cada cabeça de gado na Grã-Bretanha. Ainda mais surpreendentes são os resultados consegui-

---
1. Kropotkin, *Fields, factories, and workshops*, p. 74.

dos pela *culture maraîchère* (horticultura) nas adjacências de Paris. É impossível fazer um resumo de tais conquistas, mas podemos observar a conclusão geral:

> Há, hoje, *maraîchers* práticos que ousam afirmar que se todo o alimento, vegetal e animal, necessário aos 3,5 milhões de habitantes dos departamentos do Sena e do Seine-et-Oise tivesse de ser cultivado em seu próprio território (3,25 mil milhas quadradas), poderia ser cultivado sem que se recorresse a outros métodos de cultura senão aqueles em uso – métodos já experimentados em grande escala e, comprovadamente, bem-sucedidos[2].

Não se pode esquecer que esses dois departamentos incluem toda a população de Paris.

Kropotkin passa, então, a indicar os métodos pelos quais o mesmo resultado poderia ser obtido sem longas horas de trabalho. Afirma, com efeito, que o grosso do trabalho agrícola poderia ser realizado por pessoas cujas ocupações principais são sedentárias, e isso somente durante um número de horas que servisse para mantê-las em boa saúde e constituir uma mudança agradável. Protesta contra a teoria da divisão excessiva do trabalho. O que ele pretende é uma *integração*, "uma sociedade em que cada indivíduo seja um produtor tanto de trabalho manual como intelectual; em que cada ser humano capaz seja um trabalhador e cada trabalhador trabalhe tanto no campo como na oficina industrial"[3].

Essas opiniões quanto à produção não têm nenhuma relação essencial com a defesa que Kropotkin faz do anarquismo. Seriam igualmente possíveis sob o socialismo de Estado e, em certas circunstâncias, poderiam ser postas em prática até mesmo num regime capitalista. São importantes, para o fim que temos em vista, não

---
2. Ibid., p. 81.
3. Ibid., p. 6.

por um argumento que forneçam a favor deste ou daquele sistema econômico, mas pelo fato de removerem o veto sobre nossas esperanças que poderia, de outro modo, decorrer de uma dúvida quanto à capacidade produtiva do trabalho. Detive-me mais na agricultura do que na indústria, pois é com respeito à agricultura que costumam surgir dificuldades. De um modo geral, a produção industrial tende a tornar-se mais barata quando realizada em grande escala, e, portanto, não há razão, na indústria, para que um aumento da procura conduza a um aumento de custo do fornecimento.

Deixando agora o lado puramente técnico e material do problema da produção, chegamos ao fator humano, aos motivos que levam os homens a trabalhar, às possibilidades de organização eficiente da produção e à conexão entre produção e distribuição. Os defensores do sistema existente afirmam que um trabalho eficiente seria impossível sem o estímulo econômico e que, se o sistema de salário fosse abolido, os homens deixariam de trabalhar o suficiente para manter a comunidade em situação de tolerável conforto. Diante da alegada necessidade do motivo econômico, os problemas de produção e distribuição se entrelaçam. O desejo de uma distribuição mais justa dos bens do mundo é a principal inspiração da maioria dos socialistas e anarquistas. Devemos, pois, analisar se os sistemas de distribuição por eles propostos poderiam conduzir a uma diminuição da produção.

Há uma diferença fundamental entre socialismo e anarquismo no que tange à questão da distribuição. O socialismo, ao menos na maioria de suas formas, conservaria o pagamento pelo trabalho feito ou pela disposição de trabalhar e, exceto em casos de pessoas incapacitadas por idade ou doença, transformaria a disposição de trabalhar em uma condição de subsistência ou, de qualquer modo, de subsistência acima de determinado mínimo muito baixo. O anarquismo, por outro lado, tem por finalidade conceder a todos, de maneira incondicional, exatamente o tanto de bens comuns que o in-

Trabalho e remuneração

divíduo possa desejar consumir, enquanto os bens mais raros, cujo suprimento não é fácil aumentar de modo indefinido, seriam racionados e divididos eqüitativamente entre a população. O anarquismo, desse modo, não imporia qualquer *obrigação* de trabalho, embora os anarquistas acreditem que o trabalho necessário poderia se tornar agradável o suficiente para que a vasta maioria da população se entregasse a ele de forma voluntária. Os socialistas, por outro lado, exigiriam trabalho. Alguns deles tornariam iguais as rendas de todos os trabalhadores, enquanto outros conservariam uma remuneração maior para o trabalho considerado mais valioso. Todos esses diferentes sistemas são compatíveis com a propriedade comum da terra e do capital, embora difiram grandemente quanto à espécie de sociedade que produziriam.

No que diz respeito ao estímulo econômico para o trabalho, o socialismo com desigualdade de renda não seria muito diverso da sociedade em que vivemos. De nosso ponto de vista atual, as diferenças que acarretaria seriam, sem dúvida, para o bem. No sistema existente, muitas pessoas desfrutam ociosidade e opulência pelo mero acaso de herdarem terra ou capital. Muitas outras, por suas atividades na indústria ou nas finanças, gozam de uma renda que é, sem dúvida, muito superior a tudo a que sua utilidade social lhes dá direito. Por outro lado, não raro acontece que inventores e descobridores, cujo trabalho tem a maior utilidade social, são roubados de sua recompensa pelos capitalistas ou pela incapacidade do público em apreciar seu trabalho antes que seja demasiado tarde. O trabalho mais bem remunerado é acessível apenas àqueles que puderam pagar um treinamento dispendioso, e tais homens são escolhidos, em geral, não por mérito, mas por sorte. O assalariado não é pago por sua disposição de trabalhar, mas apenas por sua utilidade para o empregador. Conseqüentemente, pode ser lançado à miséria por causas sobre as quais não tem nenhum controle. Essa miséria é um medo constante; quando ocorre, produz sofrimento imerecido e, com freqüência, a deterioração do valor social de quem a sofre. Esses são apenas alguns dos males do sistema atual, do ponto de vista da produção. Devemos esperar ver todos esses males remediados sob qualquer sistema de socialismo.

Há duas questões que precisam ser levadas em conta quando se discute até que ponto o trabalho requer o motivo econômico. A primeira questão é: a sociedade deve pagar mais pelo trabalho mais especializado ou socialmente mais valioso para que tal trabalho seja feito em quantidade suficiente? A segunda questão é: o trabalho poderia tornar-se tão atraente que uma quantidade suficiente dele fosse realizada ainda que os ociosos recebessem o mesmo tanto do produto do trabalho? A primeira dessas questões diz respeito à divisão entre as duas escolas de socialistas: os socialistas mais moderados concordam, às vezes, em que, mesmo no regime socialista, seria bom manter remuneração desigual para tipos diferentes de trabalho, enquanto os socialistas mais extremados advogam remuneração igual para todos os trabalhadores. A segunda questão, por outro lado, constitui uma divisão entre socialistas e anarquistas: estes últimos não privariam o homem dos produtos do trabalho se ele não trabalhasse, enquanto os primeiros, de modo geral, privariam.

Nossa segunda questão é tão mais fundamental do que a primeira que deve ser discutida de imediato, e, no decorrer dessa discussão, o que precisa ser dito sobre a primeira questão encontrará seu lugar naturalmente.

Salários ou partilha livre? 'Abolição do sistema de salários' é um dos lemas comuns a anarquistas e socialistas avançados. Mas, em seu sentido mais natural, é um lema a que somente os anarquistas têm direito. Na concepção anarquista da sociedade, todas as mercadorias mais comuns estarão disponíveis a todos, sem exceção, da mesma maneira que a água se acha, hoje, disponível[4]. Os defenso-

---

4. "Não obstante a mudança egoísta verificada no espírito público por causa da produção mercantil de nosso século, a tendência comunista está continuamente

res desse sistema observam que ele já se aplica a muitas coisas que antes tinham de ser pagas, como, por exemplo, estradas e pontes. Dizem que seria praticável estendê-lo facilmente aos bondes e trens locais. Afirmam ainda – como Kropotkin o faz mediante suas provas de que o solo poderia tornar-se infinitamente mais produtivo – que os tipos mais comuns de alimentos seriam dados a todos os que os solicitassem, já que se tornaria fácil produzi-los em quantidades adequadas a qualquer demanda possível. Se tal sistema se estendesse a todas as coisas necessárias da vida, a simples subsistência de todos estaria assegurada, independentemente do modo como cada um preferisse gastar seu tempo. Quanto às mercadorias que não podem ser produzidas em quantidades indefinidas, tais como artigos de luxo e iguarias delicadas, elas também deveriam, segundo os anarquistas, ser distribuídas sem pagamento, mas num sistema de racionamento, sendo a quantidade disponível dividida de maneira igual entre a população. Embora isso não seja dito, não há dúvida de que algo como um preço teria de ser posto em tais artigos de luxo, de modo que a pessoa pudesse ter liberdade de escolher como receberia sua cota: uns prefeririam bons vinhos; outros, os mais finos charutos Havana, e outros, ainda, pinturas ou belos móveis. É razoável supor que cada pessoa terá permissão de receber os artigos que lhe cabem da forma que preferir, e os preços relativos seriam fixados de modo a estabilizar a demanda. Num mundo como esse,

---

se reafirmando e procurando abrir caminho na vida pública. A ponte com pedágio desaparece ante a ponte pública; e a estrada com pedágio desaparece ante a estrada livre. Esse mesmo espírito penetra em milhares de outras instituições. Museus, bibliotecas gratuitas, escolas públicas gratuitas; parques e *playgrounds*; ruas pavimentadas e iluminadas, que todos podem usar; fornecimento de água para habitações particulares, com crescente tendência de desconsiderar a quantidade exata de água usada pelo indivíduo; linhas de bonde e ferrovias que já começaram a introduzir o bilhete de temporada ou a taxa uniforme e que certamente irão muito mais longe nesse sentido quando deixarem de ser propriedade privada: tudo isso são sinais indicando a direção em que se poderá esperar mais progresso", Kropotkin, *Anarchist communism* (Freedom Press, 127 Ossulston Street, NW1).

o estímulo econômico à produção terá desaparecido por completo, e, para o trabalho continuar a existir, ele deverá ser exercido por outros motivos[5].

É possível tal sistema? Em primeiro lugar, vale perguntar: é tecnicamente possível fornecer o indispensável à vida em quantidades tão grandes como as que seriam necessárias se toda pessoa pudesse retirar dos armazéns públicos tanto quanto desejasse? A idéia de compra e pagamento é tão familiar que a proposta de acabar com isso deve parecer, à primeira vista, fantástica. No entanto, não acredito que seja tão fantástica assim. Mesmo que todos nós pudéssemos ter pão de graça, não iríamos querer mais do que uma quantidade bastante limitada. No atual estado de coisas, o custo do pão para o rico constitui uma parte tão pequena de sua renda que praticamente não se faz controle algum sobre seu consumo; no entanto, a quantidade de pão que os ricos consomem poderia facilmente ser fornecida a toda a população mediante métodos agrícolas aperfeiçoados. (Não me refiro a tempos de guerra.) A quantidade de alimento desejada pelo povo possui limites naturais, e o desperdício em que se incorresse não seria, provavelmente, muito grande. Como ressaltam os anarquistas, o povo desfruta hoje um suprimento ilimitado de água, mas pouquíssimas pessoas deixam as torneiras abertas quando não as estão usando. Ademais, é de imaginar que a opinião pública seria contrária a um desperdício excessivo. Podemos afirmar, penso eu, que o princípio do suprimento ilimitado poderia ser adotado com relação a todas as mercadorias cuja demanda tem limites que ficam aquém do que pode ser produzido com facilidade. E, se a produção fosse eficientemente organizada, seria esse o caso dos produtos necessários à vida, incluindo não apenas as mercadorias mas também coisas como educação. Mesmo se toda a educação fosse gratuita até os graus mais elevados, os jovens, a menos que

---

5. Uma competente discussão sobre esse assunto, bem como sobre muitos outros, do ponto de vista da oposição refletida e moderada ao anarquismo, poderá ser encontrada em Alfred Naquet, *L'anarchie et le collectivisme* (Paris, 1904).

Trabalho e remuneração

fossem radicalmente transformados pelo regime anarquista, não desejariam mais do que certa porção dela. E o mesmo se aplica aos alimentos comuns, ao vestuário comum e ao restante de coisas que satisfazem nossas necessidades elementares.

Penso podermos concluir que não há impossibilidade técnica no plano anarquista da livre partilha.

Mas o trabalho demandado seria realizado, se fosse assegurado ao indivíduo o padrão geral de conforto, mesmo que ele não trabalhasse?

A maioria das pessoas não hesitará em responder a essa pergunta negativamente. Aqueles empregadores, em particular, que estão habituados a denunciar seus empregados como um bando de idiotas preguiçosos e bêbados, acharão, com toda a certeza, que não se conseguirá deles nenhum trabalho, exceto sob ameaça de serem demitidos e morrerem de fome. Mas será que isso é tão certo como as pessoas tendem a supor à primeira vista? Se o trabalho continuasse a ser o que a maioria dele é hoje, não há dúvida de que seria muito difícil induzir as pessoas a realizá-lo a não ser pelo temor da miséria. Mas não há razão para que o trabalho continue a ser essa labuta enfadonha em condições terríveis que é hoje em sua maior parte[6]. Se

---

6. "O excesso de trabalho repugna à natureza humana – não o trabalho. Excesso de trabalho para fornecer luxo a uns poucos – e não trabalho para o bem-estar de todos. O trabalho, a labuta, é uma necessidade fisiológica, uma necessidade de despender energia física acumulada, uma necessidade que é saúde e a própria vida. Se tantos ramos de trabalho útil são feitos agora com tanta relutância, é simplesmente porque significam excesso de trabalho, ou são organizados de maneira inadequada. Mas sabemos – como o velho Franklin sabia – que quatro horas diárias de trabalho útil seriam mais do que suficientes para dar a todos o conforto de uma casa da classe média moderadamente próspera, se nós todos nos entregássemos ao trabalho produtivo e não desperdiçássemos nossas energias produtivas como fazemos atualmente. Quanto à pergunta infantil, que vem sendo repetida há cinquenta anos, 'Quem faria o trabalho desagradável?', francamente lamento que nenhum de nossos sábios jamais tenha sido obrigado a fazê-lo, por um dia que fosse em sua vida. Se ainda existe trabalho que seja, em si, desagradável de fato, é unicamente porque nossos homens de ciência jamais se interessaram em considerar os meios de torná-lo menos desagradável: sempre souberam que havia muitos homens famintos que o fariam em troca de algumas moedas por dia", Kropotkin, *Anarchist communism*.

os homens tivessem de ser atraídos ao trabalho, em vez de ser arrastados para ele, o interesse evidente da comunidade seria tornar o trabalho agradável. Enquanto o trabalho, de modo geral, não for convertido em algo agradável, não se poderá dizer que alcançamos um bom estado de sociedade. O caráter penoso do trabalho é inevitável? Atualmente, o trabalho mais bem remunerado, o dos negócios e das profissões liberais, é, na maior parte, agradável. Não quero dizer que cada momento isolado é agradável, mas que a vida de uma pessoa que tenha um trabalho desse tipo é, no conjunto, mais feliz do que a do homem que desfruta renda igual sem realizar trabalho nenhum. Certa quantidade de esforço e uma espécie de carreira contínua são necessárias a indivíduos vigorosos, para que possam preservar a saúde mental e o entusiasmo pela vida. Uma quantidade considerável de trabalho é feita sem remuneração. Aqueles que têm uma visão cor-de-rosa da natureza humana poderiam supor que os deveres de um magistrado estejam entre as funções desagradáveis, como a limpeza de esgotos; mas um cínico poderia argumentar que os prazeres da vingança e da superioridade moral são tão grandes que não há dificuldade alguma em encontrar senhores idosos e abastados que estejam dispostos, sem remuneração, a enviar miseráveis desamparados à tortura da prisão. E, à parte o prazer do trabalho em si, o desejo de ter um bom conceito entre os vizinhos e um sentimento de eficiência é suficiente para manter muitas pessoas ativas.

Mas, dirá alguém, a espécie de trabalho que um homem escolheria voluntariamente deve ser sempre excepcional: o grosso do trabalho necessário jamais poderá ser senão penoso. Se uma vida fácil estivesse a seu alcance, quem escolheria trabalhar em minas de carvão ou ser foguista de um transatlântico? Penso ser preciso admitir que grande parte do trabalho necessário sempre continuará desagradável ou pelo menos penosamente monótona, e que privilégios especiais terão de ser concedidos aos que o realizam, para que o sistema anarquista possa vir a ser exeqüível. É verdade que a introdução de tais privilégios especiais comprometeria de certo modo a lógica redonda do anarquismo, mas não precisaria, creio eu, causar nenhuma rachadura vital em seu sistema. Grande parte do trabalho que é necessário ser feito poderia tornar-se agradável, se reflexão e cuidado fossem dirigidos a esse objeto. Mesmo agora, o que muitas vezes torna o trabalho fatigante são apenas as longas horas. Se o período normal de trabalho fosse reduzido, digamos, para quatro horas diárias, como poderia ser mediante melhor organização e métodos mais científicos, uma grande quantidade de trabalho que é hoje considerado um fardo deixaria de sê-lo. Se, como sugere Kropotkin, o trabalho agrícola, em vez de ser a exaustiva labuta de toda a vida de um trabalhador ignorante que vive muito próximo de uma pobreza abjeta, fosse a ocupação ocasional de homens e mulheres empregados normalmente na indústria ou em trabalho mental; se, em vez de ser conduzido por antigos métodos tradicionais, sem nenhuma possibilidade de participação inteligente por parte do assalariado, fosse insuflado pela busca de novos métodos e invenções novas, repleta de espírito de liberdade, convidando a uma cooperação não só mental como física daqueles que realizam o trabalho, ele poderia se transformar em alegria em vez de enfado, bem como em fonte de saúde e vitalidade para os que a ele se dedicassem.

Segundo os anarquistas, o que é verdade a respeito da agricultura é igualmente válido para a indústria. Eles afirmam que, se as grandes organizações econômicas – hoje dirigidas por capitalistas sem qualquer consideração pela vida dos assalariados além da que os sindicatos conseguem obter – fossem gradualmente transformadas em comunidades que se governassem a si próprias, nas quais os produtores pudessem resolver todas as questões de métodos, horas de trabalho, e assim por diante, haveria uma mudança quase ilimitada para melhor: a sujeira e o barulho poderiam ser quase inteiramente eliminados, a repulsiva fealdade de certas regiões industriais poderia transformar-se em beleza, o interesse pelos aspectos científicos da produção poderia difundir-se entre todos os produtores dotados de inteligência inata, e algo da alegria que o artista encontra na criação poderia inspirar todo e qualquer trabalho. Tudo isso, que é hoje coisa inteiramente distante da realidade, poderia ser produzido pelo autogoverno econômico. Podemos concordar em que, mediante tais meios, uma grande proporção do trabalho necessário do mundo poderia, por fim, tornar-se suficientemente agradável, de modo a ser preferido à ociosidade até mesmo por homens cuja simples subsistência estivesse assegurada, quer trabalhassem, quer não. Quanto ao restante, admitamos que recompensas especiais, em forma de mercadorias, honras ou privilégios, teriam de ser conferidas àqueles que o realizassem. Isso, porém, não deve causar nenhuma objeção fundamental.

Haveria, é claro, certa parte da população que iria preferir a ociosidade. Contanto que a proporção fosse pequena, isso não teria importância. Entre aqueles que seriam classificados de ociosos, poderiam ser incluídos artistas, escritores, homens devotados a buscas intelectuais abstratas – em suma, todos aqueles que a sociedade menospreza quando estão vivos e honra quando estão mortos. Para tais homens, seria inestimável a possibilidade de entregar-se a seu próprio trabalho independentemente do reconhecimento público de sua utilidade. Quem quer que observe quantos de nossos poetas têm sido homens de recursos pessoais compreenderá quanta capacidade poética deve ter permanecido abafada pela pobreza – pois seria absurdo supor que os ricos são mais bem dotados, pela natureza, de capacidade para a poesia. A liberdade para tais homens, por poucos que sejam, deve ser contraposta aos meros ociosos.

Apresentamos, até agora, os argumentos a favor do plano anarquista. Tais argumentos são suficientes, creio eu, para fazer parecer *possível* o êxito do plano, mas não para torná-lo tão provável a ponto de ser sensato experimentá-lo.

A questão da exeqüibilidade das propostas anarquistas quanto à distribuição é, como tantas outras questões, de natureza quantitativa. As propostas anarquistas consistem em duas partes: (1) todas as mercadorias comuns devem ser fornecidas *ad lib* a todos os que as solicitem; (2) nenhuma obrigação de trabalho, ou de recompensa econômica pelo trabalho, deve ser imposta a quem quer que seja. Essas duas propostas não são, necessariamente, inseparáveis, e nenhuma delas acarreta todo o sistema do anarquismo, embora sem elas o anarquismo dificilmente fosse possível. Com respeito à primeira dessas propostas, pode ser executada, mesmo agora, no que se refere a certas mercadorias e poderia ser aplicada, em futuro não muito distante, com relação a muitas outras. Trata-se de um plano flexível, já que este ou aquele artigo de consumo poderia ser colocado na relação de gratuitos ou retirado conforme o exigissem as circunstâncias. São muitas e várias suas vantagens, e a prática do mundo tende a evoluir nesse sentido. Penso que podemos concluir dizendo que essa parte do sistema anarquista poderia ser adotada aos poucos, atingindo gradualmente a plena extensão que seus adeptos desejam.

Mas, quanto à segunda proposta – de que não deveria haver obrigação de trabalhar, nem existir recompensa econômica para o trabalho –, a questão é muito mais duvidosa. Os anarquistas sempre presumem que, se seus planos fossem postos em operação, praticamente todos trabalhariam; mas, embora haja muito mais coisas a dizer em favor dessa opinião do que a maioria das pessoas admitiria à primeira vista, é ponto discutível saber se há o suficiente a ser dito para torná-la verdadeira para propósitos práticos. Numa comunidade em que a indústria tivesse se tornado habitual pela pressão econômica, talvez a opinião pública pudesse ser poderosa o suficiente para obrigar a maioria dos homens a trabalhar[7]; mas é sem-

---

7. "Quanto à objeção tão freqüentemente repetida de que ninguém trabalharia se não fosse obrigado a fazê-lo por pura necessidade, já foi bastante ouvida antes da emancipação dos escravos nos Estados Unidos, bem como também antes da emancipação dos servos na Rússia; e tivemos a oportunidade de apreciá-la em seu justo valor. Assim, não tentaremos convencer aqueles que só podem ser convenci-

pre uma questão duvidosa saber até que ponto tal estado de coisas seria permanente. Para que a opinião pública seja realmente efetiva, será necessário haver algum método de divisão da sociedade em pequenos grupos e permitir que cada grupo consuma apenas o equivalente daquilo que produz. Isso fará o motivo econômico agir sobre o grupo, o qual, já que o supomos pequeno, sentirá que seu quinhão coletivo é consideravelmente diminuído pelos indivíduos ociosos. Tal sistema poderia ser factível, mas seria contrário a todo o espírito do anarquismo e destruiria as linhas principais de seu sistema econômico.

A atitude do socialismo ortodoxo a respeito dessa questão é muito diferente da do anarquismo[8]. Entre as medidas mais imediatas advogadas pelo *Manifesto comunista*, está a "obrigação igual de todos ao trabalho. Estabelecimento de exércitos industriais, em especial para a agricultura". A teoria socialista é a de que, em geral, apenas o trabalho dá direito ao gozo do produto do trabalho. Tal teoria terá, naturalmente, exceções: os velhos e os muito jovens, os enfermos e aqueles cujo trabalho não é temporariamente requerido por motivos pelos quais eles não são responsáveis. Mas a concepção fundamental do socialismo, relativa à nossa questão, é a de que todos aqueles que podem trabalhar devem ser obrigados a fazê-lo, quer pela ameaça de fome, quer pela ação do direito penal. E, é claro, a única espécie de trabalho reconhecido será o que agrada às autoridades.

---

dos por fatos consumados. Quanto aos que raciocinam, devem saber que, se realmente foi assim com certas partes da humanidade em seus estágios mais inferiores – e, mesmo assim, que é que sabemos a respeito? –, ou se ainda é assim com certas pequenas comunidades, ou indivíduos isolados, levados a extremo desespero pelo insucesso em sua luta contra condições desfavoráveis, tal não acontece com a maioria das nações civilizadas. Entre nós, o trabalho é um hábito, e a ociosidade, um acréscimo artificial", Kropotkin, *Anarchist communism*, p. 30.

8. "Embora mantendo essa visão sintética da produção, os anarquistas não podem achar, como os coletivistas, que uma remuneração proporcional às horas de trabalho gastas por pessoa na produção da riqueza possa ser uma sociedade ideal, ou mesmo uma aproximação de uma sociedade ideal", Kropotkin, *Anarchist communism*, p. 20.

Escrever livros contra o socialismo, ou contra qualquer teoria incorporada pelo governo do momento, certamente não será atividade reconhecida como trabalho. Como também não o seria pintar quadros em estilo diferente do da Academia Real, nem produzir peças teatrais que desagradassem ao Censor. Qualquer nova maneira de pensar seria banida, a menos que, por influência ou corrupção, o pensador pudesse rastejar até as boas graças dos mestres. Esses resultados não são previstos pelos socialistas, pois eles imaginam que o Estado socialista será governado por homens como os que hoje o defendem. Isso é, por certo, uma ilusão. Os dirigentes do Estado parecerão tão pouco com os socialistas de hoje como os dignitários da Igreja se pareciam com os apóstolos após a época de Constantino. Os homens que defendem uma reforma impopular são excepcionais em seu desinteresse e zelo pela causa pública; mas aqueles que assumem o poder depois que a reforma se processa têm a probabilidade de pertencer ao tipo executivo ambicioso que, em todas as épocas, tem se apoderado do governo das nações. E tal tipo jamais se mostrou tolerante com a oposição ou amistoso com a liberdade.

Parece então que, se o plano anarquista tem seus perigos, o plano socialista apresenta, pelo menos, perigos idênticos. É verdade que os males que até agora previmos sob o regime socialista existem atualmente, mas a finalidade dos socialistas é curar os males existentes no mundo; eles não podem se contentar com o argumento de que não tornariam as coisas piores.

O anarquismo leva vantagem no que se refere à liberdade; o socialismo, no que se refere aos motivos para o trabalho. Poderíamos descobrir um método que combinasse tais vantagens? Parece-me que sim.

Vimos que, contanto que a maioria dos indivíduos trabalhe moderadamente e que seu trabalho se torne tão produtivo quanto a ciência e a organização o permitam, não há nenhuma boa razão pela qual o indispensável à vida não possa ser fornecido de graça a todos.

Nossa única dúvida séria era saber se, no regime anarquista, os motivos para o trabalho seriam poderosos o suficiente para impedir uma quantidade perigosamente grande de ociosidade. Mas seria fácil decretar que, embora o necessário fosse gratuito para todos, tudo o que ultrapassasse o necessário seria apenas concedido aos que estivessem dispostos a trabalhar – não, como é habitual no presente, somente aos que trabalham em todo momento, mas também aos que, quando acontecesse não estarem trabalhando, se achassem ociosos por circunstâncias independentes de sua vontade. Constatamos, atualmente, que quem possui uma pequena renda proveniente de investimentos, apenas suficiente para manter suas necessidades básicas, quase sempre prefere encontrar algum trabalho remunerado, a fim de poder pagar coisas supérfluas. E assim seria, presumivelmente, numa comunidade como a que estamos imaginando. Além disso, aquele que sentisse vocação para algum trabalho não reconhecido no campo da arte, da ciência ou do pensamento teria liberdade de seguir seu desejo, desde que estivesse disposto a 'desdenhar deleites e viver dias laboriosos'. O número relativamente pequeno de homens que sentem um horror invencível pelo trabalho – essa espécie de homens que agora se transformam em vagabundos – poderia levar uma existência inofensiva, sem qualquer perigo grave de tornar-se suficientemente alto a ponto de constituir sério fardo sobre os mais diligentes. Desse modo, as reivindicações de liberdade poderiam ser ajustadas à necessidade de certo estímulo econômico para o trabalho. Um tal sistema, parece-me, teria muito mais probabilidade de êxito do que o puro anarquismo ou o puro socialismo ortodoxo.

Dito em termos mais familiares, o plano que estamos advogando significa, em essência, o seguinte: que determinada e pequena renda, suficiente para o necessário, deveria ser assegurada para todos, quer trabalhem, quer não, e que uma renda maior – tanto maior quanto a soma total das mercadorias produzidas pudesse garantir –

deveria ser concedida aos que estivessem dispostos a dedicar-se a algum trabalho que a comunidade reconhecesse como útil. Nessa base, pode-se criar ainda mais. Não creio que seja sempre necessário pagar mais pelo trabalho especializado ou considerado socialmente mais útil, já que tal trabalho é mais interessante e mais respeitado do que o trabalho comum e, portanto, será muitas vezes preferido por aqueles que o podem realizar. Mas poderíamos, por exemplo, conceder uma renda intermediária a quem estivesse disposto a trabalhar apenas a metade do número de horas habitual, e uma renda superior à da maioria dos trabalhadores a quem escolhesse uma profissão especialmente desagradável. Tal sistema é perfeitamente compatível com o socialismo, embora talvez dificilmente o seja com o anarquismo. Quanto às suas vantagens, terei mais a dizer posteriormente. Por ora, contento-me em insistir que ele combina liberdade com justiça, evitando aqueles perigos para a comunidade que, como vimos, se ocultam tanto nas propostas dos anarquistas como nas dos socialistas ortodoxos.

Capítulo V
Governo e direito

O governo e o direito, em sua própria essência, consistem em restrições à liberdade, e a liberdade é o maior dos bens políticos[1]. Um argumentador apressado poderia concluir, sem mais dificuldade, que tanto o direito como o governo são males que devem ser abolidos se a liberdade é nossa meta. Mas tal inferência, verdadeira ou falsa, não pode ser provada de maneira tão simples. Neste capítulo examinaremos os argumentos dos anarquistas contra o direito e o Estado. Partiremos da pressuposição de que a liberdade é o objetivo supremo de um bom sistema social; mas, nessa mesma base, descobriremos que as afirmações anarquistas são muito discutíveis.

O respeito pela liberdade alheia não é, na maioria dos homens, um impulso natural: a inveja e o amor pelo poder levam a natureza humana comum a encontrar prazer em interferir na vida dos outros. Se as ações de todos os homens estivessem isentas de controle por uma autoridade externa, não conseguiríamos um mundo em que todos os homens fossem livres. Os fortes oprimiriam os fracos, a maio-

---

[1]. Não digo que a liberdade seja o maior de *todos* os bens: as melhores coisas vêm de nosso íntimo – e são coisas tais como a arte criadora, o amor, o pensamento. Tais coisas podem ser auxiliadas ou prejudicadas por condições políticas, mas não podem, verdadeiramente, ser produzidas por elas; e a liberdade é, tanto por si própria como em suas relações com os outros bens, a melhor coisa que as condições políticas e econômicas podem assegurar.

ria oprimiria a minoria, e os que amam a violência oprimiriam as criaturas mais pacíficas. Receio não se poder dizer que esses maus impulsos sejam *inteiramente* devidos a um mau sistema social, embora se tenha de concordar que a organização competitiva atual da sociedade muito contribui para alimentar os piores aspectos da natureza humana. O amor pelo poder é um impulso que, embora inato em todos os homens ambiciosos, é promovido, via de regra, pela experiência real do poder. Num mundo em que ninguém pudesse adquirir muito poder, o desejo de tiranizar seria bem menos forte do que é hoje. Todavia, não creio que ele seria de todo ausente, e aqueles em que existisse seriam, com freqüência, homens de energia e capacidade executiva incomuns. Tais homens, se não forem contidos pela vontade organizada da comunidade, podem ter êxito em estabelecer um despotismo ou, ao menos, fazer uma tentativa tão vigorosa que só possa ser vencida após longo período de perturbação. Além do amor pelo poder político, há o amor pelo poder sobre os indivíduos. Se as ameaças e o terrorismo não fossem proibidos pela lei, dificilmente se poderia duvidar que a crueldade seria comum nas relações entre homens e mulheres, pais e filhos. É verdade que os hábitos de uma comunidade podem tornar rara essa crueldade, mas tais hábitos, temo eu, só poderão ser produzidos pelo prolongado reinado do direito. A experiência de comunidades rurais, acampamentos de mineração e outros lugares semelhantes parece mostrar que, sob condições novas, as pessoas facilmente retornam a atitudes e práticas mais bárbaras. Quer-nos parecer, portanto, que, enquanto a natureza humana continuar como é, haverá mais liberdade para todos numa comunidade em que certos atos de tirania sejam proibidos para indivíduos, do que numa comunidade em que a lei deixa cada indivíduo livre para seguir todos os seus impulsos. Mas, embora se deva admitir no momento a necessidade de certa forma de governo e de direito, é importante lembrar que todo direito e todo governo são em si, em certa medida, um mal, apenas justificável quando evita outros males maiores. Todo emprego de poder pelo Estado precisa ser, pois, meticulosamente examinado, e toda possibilidade de diminuir seu poder deve ser bem recebida, contanto que não conduza a um reinado da tirania privada.

O poder do Estado é em parte legal, em parte econômico: atos que o Estado desaprova podem ser punidos pelo direito penal, e os indivíduos que incorrem no desagrado do Estado podem achar difícil ganhar a subsistência.

As visões de Marx sobre o Estado não são muito claras. De um lado, ele parece disposto, como os socialistas de Estado modernos, a conceder grande poder ao Estado; por outro lado, dá a entender que, quando a revolução socialista se consumar, o Estado, tal como o conhecemos, desaparecerá. Entre as medidas que o *Manifesto comunista* advoga como imediatamente desejáveis, há várias que aumentariam grandemente o poder do Estado existente – por exemplo, a "centralização do crédito nas mãos do Estado por meio de um banco nacional com capital estatal e monopólio exclusivo", e ainda "a centralização dos meios de comunicação e transporte nas mãos do Estado". Mas o *Manifesto* prossegue:

> Quando, no curso do desenvolvimento, as distinções de classe tiverem desaparecido e toda a produção estiver concentrada nas mãos de uma vasta associação composta de toda a nação, o poder público perderá seu caráter político. O poder político, propriamente dito, é tão-somente o poder organizado de uma classe para oprimir outra. Se o proletariado, durante sua contenda com a burguesia, for obrigado, por força das circunstâncias, a organizar-se como classe, e se, por meio da revolução, se transformar em classe dominante e, como tal, eliminar pela força as antigas condições de produção, então ele terá, juntamente com essas condições, eliminado as que permitem a existência de antagonismos de classe, bem como de classes em geral, e terá assim, também, abolido sua própria supremacia como classe.
> Em lugar da antiga sociedade burguesa, com suas classes e antagonismos de classe, teremos uma associação em que o livre desenvol-

vimento de cada um é condição essencial para o livre desenvolvimento de todos[2].

Quanto ao essencial, Marx manteve essa posição durante toda a vida. Não é, pois, de admirar que seus seguidores, no que diz respeito a seus objetivos imediatos, tenham se tornado, em geral, perfeitos socialistas de Estado. Por outro lado, os sindicalistas que aceitam a doutrina de Marx sobre a luta de classes, a qual encaram como a coisa realmente essencial de seus ensinamentos, rejeitam com aversão o Estado e desejam aboli-lo por completo, no que estão de acordo com os anarquistas. Os socialistas de guilda, embora certas pessoas neste país os considerem extremistas, representam na verdade o amor dos ingleses pelo meio-termo. Os argumentos sindicalistas quanto aos perigos inerentes ao poder do Estado tornaram-nos insatisfeitos com o antigo socialismo de Estado, mas eles são incapazes de aceitar a opinião anarquista de que a sociedade pode dispensar inteiramente uma autoridade central. Assim, eles propõem que deveria haver dois instrumentos de governo equivalentes numa comunidade – um seria geográfico, representando os consumidores e, essencialmente, a continuação do Estado democrático; o outro representaria os produtores, organizados não geograficamente, mas em guildas, à maneira do sindicalismo industrial. Essas duas autoridades tratarão de questões de tipos diferentes. Os socialistas de guilda não vêem a autoridade industrial como parte constituinte do Estado, pois afirmam que está na essência do Estado ser geográfico; mas a autoridade industrial irá se assemelhar ao Estado atual no fato de que terá poderes coercitivos e de que seus decretos, quando necessário, serão postos em vigor. É de suspeitar que também os sindicalistas, por mais que façam objeções ao Estado existente, não se oporiam à coerção de indivíduos numa indústria pelo sindicato dessa indústria. O governo dentro do sindicato seria, provavelmente, tão estrito

---

2. *Manifesto comunista*, Capítulo II.

quanto o governo do Estado é hoje. Ao dizer isso, estamos presumindo que o anarquismo teórico dos líderes sindicalistas não sobreviveria ao acesso ao poder, mas receio que a experiência mostre não ser esta uma hipótese muito arriscada.

Entre todas essas diversas opiniões, a que desperta a questão mais profunda é a alegação anarquista de que toda coerção pela comunidade é desnecessária. Como ocorre com a maioria das coisas que os anarquistas dizem, há muito a salientar em favor dessa opinião do que a maior parte das pessoas suporia à primeira vista. Kropotkin, que é seu mais hábil expoente, assinala o quanto já se conseguiu pelo método do livre acordo. Ele não deseja abolir o governo no sentido de decisões coletivas: o que ele deseja abolir é o sistema pelo qual uma decisão é imposta sobre aqueles que se opõem a ela[3]. Todo o sistema de governo representativo e de mando da maioria é, segundo ele, uma coisa ruim[4]. Ele aponta casos como os acordos entre os diversos sistemas ferroviários europeus para a circulação dos trens internacionais e a cooperação em geral. Ressalta ele que, em tais casos, as diferentes companhias ou autoridades interessadas de-

---

3. "Por outro lado, o *Estado* também tem sido confundido com *governo*. Como não pode haver Estado sem governo, algumas vezes se disse que a meta deveria ser a ausência de governo, não a abolição do Estado.

"Parece-me, porém, que Estado e governo representam duas idéias de caráter diverso. A idéia de Estado implica uma idéia bastante distinta da de governo. Ela inclui não apenas a existência de um poder colocado acima da sociedade, mas também uma *concentração territorial* e uma *concentração de muitas funções da vida da sociedade nas mãos de poucos ou mesmo de todos.* Implica novas relações entre os membros da sociedade.

"Tal distinção característica, que talvez passe despercebida à primeira vista, surge claramente quando se estuda a origem do Estado", Kropotkin, *The Estate* (Freedom Press, 127 Ossulston Street, NW1), p. 4.

4. "O governo representativo cumpriu sua missão histórica; desfechou um golpe mortal na soberania das cortes; e, por seus debates, despertou o interesse público por questões públicas. Mas ver nele o governo da futura sociedade socialista é um erro grosseiro. Cada fase econômica da vida implica sua própria fase política; e é impossível tocar a base da vida econômica atual – a propriedade privada – sem uma mudança correspondente na base da organização política. A vida já revela em que direção vai se efetuar a mudança. Não no aumento dos poderes do Estado, mas recorrendo à livre organização e à livre federação em todos os setores que são hoje considerados atributos do Estado", Kropotkin, *Anarchist communism*, pp. 28-9.

signam, cada qual, um delegado, e que os delegados sugerem uma base de acordo, que tem de ser, posteriormente, ratificada por todos os órgãos que os designaram. A assembléia de delegados não possui qualquer poder coercivo, e uma maioria nada pode fazer contra uma minoria recalcitrante. Mas isso não evitou a conclusão de sistemas de acordo bastante complexos. Mediante tais métodos, como argumentam os anarquistas, as funções *úteis* de governo podem ser executadas sem qualquer espécie de coerção. Eles afirmam que a utilidade do acordo é tão patente que torna garantida a cooperação, uma vez removidos os motivos predatórios associados ao sistema atual de propriedade privada.

Por mais atraente que seja essa visão, é inevitável a conclusão de que ela resulta da impaciência e representa uma tentativa de encontrar um atalho que conduza ao ideal que todos os seres humanos desejam.

Comecemos com a questão do crime privado[5]. Os anarquistas afirmam que o criminoso é produto das más condições sociais e que desapareceria num mundo que eles almejam criar[6]. Existe, sem dú-

---

5. Sobre esse assunto, há excelente discussão no livro já mencionado de monsieur Naquet.
6. "Quanto à terceira e principal objeção, que defende a necessidade de um governo para punir os que transgridem as leis da sociedade, há tanto a dizer que mal se pode tocar no assunto incidentalmente. Quanto mais estudamos a questão, tanto mais somos levados à conclusão de que a própria sociedade é responsável pelos atos anti-sociais perpetrados em seu seio, e que punição, prisões e carrascos não poderão diminuir o número de tais atos; nada, a não ser a reorganização da sociedade. Três quartos de todos os atos trazidos a cada ano a nossos tribunais têm origem, direta ou indiretamente, no atual estado desorganizado da sociedade quanto à produção e distribuição da riqueza – não na perversidade da natureza humana. Quanto ao número relativamente baixo de atos anti-sociais resultantes de tendências anti-sociais de indivíduos isolados, não é por meio de prisões, nem mesmo de enforcamento, que conseguiremos diminuir esse número. Com nossas prisões, nós só os multiplamos e os tornamos piores. Com nossos detetives, nosso 'preço de sangue', nossas execuções e nossos cárceres, espalhamos na sociedade um fluxo tão terrível dos mais baixos hábitos e paixões que aqueles que percebessem os efeitos dessas instituições em toda sua extensão ficariam horrorizados pelo que a sociedade está fazendo sob pretexto de manter a moralidade. *Devemos* procurar outros remédios, e há muito tais remédios vêm sendo indicados", Kropotkin, *Anarchist communism*, pp. 31-2.

vida, grande dose de verdade nessa visão. Haveria, por exemplo, poucos motivos para roubo num mundo anarquista, a menos que se tratasse de roubo organizado em grande escala por um grupo de homens que desejasse derrubar o regime anarquista. Pode-se também reconhecer que certos impulsos tendentes à violência criminosa poderiam ser amplamente eliminados por uma educação melhor. Mas, parece-me, todas essas asserções têm suas limitações. Para tomar um caso extremo, não podemos supor que não haveria lunáticos numa comunidade anarquista, e alguns desses lunáticos teriam, sem dúvida, propensões homicidas. Ninguém dirá, provavelmente, que eles deveriam ser deixados em liberdade. Não há, porém, linhas divisórias nítidas na natureza: entre o lunático homicida e o homem são que tem paixões violentas, existe uma gradação contínua. Mesmo na comunidade mais perfeita haverá homens e mulheres, sãos nos demais aspectos, que se sentirão impelidos pelo ciúme a cometer assassinato. Hoje, tais pessoas são normalmente contidas por receio de punição, mas, se tal receio fosse afastado, esses homicídios se tornariam, provavelmente, muito mais comuns, como se pode ver pela atual conduta de certos soldados de licença. Além disso, certos tipos de conduta despertam hostilidade pública e conduziriam, de modo quase inevitável, a linchamento, se não existisse outro método reconhecido de punição. Há, na maioria dos homens, certo sentimento natural de vingança, o qual nem sempre é dirigido contra os piores membros da comunidade. Espinosa, por exemplo, escapou por pouco de ser morto pela multidão, por suspeição de amizade indevida para com a França, numa época em que a Holanda se encontrava em guerra com aquele país. Além de tais casos, haveria o perigo bastante real de uma tentativa organizada de destruir o anarquismo e restaurar antigas opressões. É de supor, por exemplo, que Napoleão, se tivesse nascido numa comunidade como a defendida por Kropotkin, teria concordado docilmente com um mundo em que seu gênio não poderia encontrar nenhum escopo? Não consigo ver o que poderia impedir um conluio de homens ambiciosos organizando-se num exército privado, fabricando sua própria munição e, por fim, escravizando os cidadãos indefesos que houvessem confiado no inerente atrativo da liberdade. Não estaria de acordo com os princípios do anarquismo que a comunidade interferisse no treinamento de um exército privado, quaisquer que pudessem ser seus objetivos (embora, naturalmente, um exército privado opositor pudesse também ser formado por homens com visões distintas). De fato, Kropotkin apresenta, como exemplo de um movimento segundo os princípios anarquistas, os antigos Voluntários na Grã-Bretanha[7]. Mesmo que um exército predatório não fosse formado internamente, poderia vir facilmente de uma nação vizinha, ou de raças que se achassem na fronteira da civilização. Enquanto existir o amor pelo poder, não vejo como impedir que ele encontre um escape, a não ser por meio da força organizada da comunidade.

A conclusão que parece se impor a nós é a de que o ideal anarquista de comunidade em que nenhum ato é proibido pela lei não é, pelo menos agora, compatível com a estabilidade de um mundo tal como os anarquistas desejam. A fim de obter e preservar um mundo que se assemelhe o mais possível ao mundo que eles almejam, será necessário que certos atos sejam proibidos por lei. Dentre estes, os principais podem ser assim discriminados:

1. roubo;
2. crimes de violência;
3. criação de organizações com o fim de subverter o regime anarquista pela força.

Recapitularemos sucintamente o que já foi dito sobre a necessidade de tais proibições.

1. *Roubo*. É certo que, num mundo anarquista, não haverá miséria, e, portanto, nenhum roubo motivado pela fome. Mas atual-

---

7. *Anarchist communism*, p. 27.

mente esse tipo de roubo não é, de modo algum, o mais sério, nem o mais danoso. O sistema de racionamento, que deverá ser aplicado aos artigos de luxo, deixará muitas pessoas com menos artigos de luxo do que poderiam desejar. Ele criará oportunidades de peculato por parte daqueles encarregados da administração dos armazéns públicos e permitirá a possibilidade de apropriação de objetos de arte que seriam, naturalmente, preservados em museus públicos. Pode-se argumentar que tais formas de roubo poderiam ser evitadas pela opinião pública. Mas a opinião pública não tem grande eficácia sobre o indivíduo, a menos que se trate da opinião de seu próprio grupo. Um grupo de homens associados para fins de roubo poderia desafiar facilmente a opinião pública da maioria, a menos que essa opinião pública se tornasse efetiva pelo uso da força contra ele. De fato, provavelmente essa força seria aplicada mediante indignação popular, mas nesse caso reviveríamos os males do direito penal, acrescidos ainda dos males da incerteza, da precipitação e da paixão, inseparáveis da prática do linchamento. Se, como sugerimos, se revelasse necessário fornecer um estímulo econômico ao trabalho pela concessão de menos artigos supérfluos aos ociosos, isso daria novo motivo para roubo por parte deles, bem como nova necessidade de alguma forma de direito penal.

2. *Crimes de violência.* Crueldade com crianças, crimes passionais, estupro, e assim por diante, são quase certos de ocorrer em qualquer sociedade, em alguma medida. A prevenção de tais atos é essencial à existência da liberdade para os fracos. Se nada fosse feito para impedi-los, é de recear que os costumes de uma sociedade se tornassem, gradualmente, mais brutais, e que certos atos, agora raros, deixariam de sê-lo. Se os anarquistas estão corretos ao afirmar que a existência de um sistema econômico como o que desejam evitaria a prática de crimes desse tipo, as leis que os proibissem não seriam mais aplicadas e, assim, não causariam nenhum dano à liberdade. Se, por outro lado, persistisse o impulso para tais ações, seria

necessário tomar certas medidas para impedir que os homens se entregassem a ele.

3. A terceira classe de dificuldades é muito mais grave e implica interferência muito mais drástica na liberdade. Não vejo como um exército privado poderia ser tolerado dentro de uma comunidade anarquista; tampouco vejo de que modo seria possível evitar tal coisa a não ser pela proibição geral do porte de armas. Se não houvesse tal proibição, partidos rivais organizariam forças rivais, e disso resultaria a guerra civil. No entanto, se houvesse tal proibição, ela não poderia ser bem executada sem uma interferência bastante considerável na liberdade individual. Após algum tempo, sem dúvida, a idéia de empregar violência para alcançar um objetivo político poderia extinguir-se, como aconteceu com a prática do duelo. Mas tais mudanças de hábito e de perspectiva são facilitadas pela proibição legal, e dificilmente se processariam sem ela. Por enquanto, não abordarei o aspecto internacional desse mesmo problema, pois pretendo tratar disso no capítulo seguinte, mas é claro que essas mesmas considerações se aplicam de maneira ainda mais acentuada às relações entre as nações.

Se admitirmos, embora com relutância, que a lei penal é necessária e que se deve empregar a força da comunidade para impedir determinadas ações, surge uma nova questão: como tratar o crime? Qual é a maior medida de humanidade e de respeito à liberdade compatível com o reconhecimento de algo como o crime? A primeira coisa a reconhecer é que toda a concepção de culpa ou pecado deve ser inteiramente posta de lado. Hoje em dia, o criminoso é afligido pela desaprovação da comunidade: o único método aplicado para impedir a ocorrência do crime é a imposição de sofrimento ao criminoso. Faz-se todo o possível para afrouxar seu ânimo e destruir seu auto-respeito. Mesmo os prazeres que teriam maior probabilidade de exercer sobre ele um efeito civilizador lhe são proibidos, sob a única alegação de que se trata de prazeres, enquanto grande parte do sofrimento que lhe é infligido é de um tipo que só pode brutalizar e degradar ainda mais. Não me refiro, é claro, às poucas instituições penais que realizaram sérios estudos no sentido de reformar o criminoso. Tais instituições, sobretudo nos Estados Unidos, demonstraram ser capazes de obter os mais surpreendentes resultados, mas seguem sendo, em toda parte, exceções. A norma geral é ainda fazer que o criminoso sinta o desagrado da sociedade. De tal tratamento, ele sairá rebelde e hostil, ou submisso e servil, com o ânimo destroçado e destituído de auto-respeito. Nenhum desses resultados constitui outra coisa senão um mal. Nenhum bom resultado pode ser atingido por um método de tratamento que inclua reprovação.

Quando um homem está sofrendo de uma doença infecciosa, ele representa perigo para a comunidade, e é necessário restringir sua liberdade de ação. Mas ninguém associa a tal situação qualquer idéia de culpa. Pelo contrário, ele é objeto da comiseração de seus amigos. Medidas recomendadas pela ciência são tomadas a fim de curá-lo de sua enfermidade, e ele, em geral, se submete sem relutância ao cerceamento temporário de sua liberdade. O mesmo método, em espírito, deveria ser mostrado no tratamento daquilo que é chamado 'crime'. Supõe-se, por certo, que o criminoso é impelido por cálculos de auto-interesse e que o receio de punição, fornecendo um motivo contrário a seus interesses, constitui o melhor meio dissuasivo.

> *The dog, to gain some private end,*
> *Went mad and bit the man.**

Essa é a visão popular do crime, mas nenhum cachorro fica louco porque quer, e talvez se possa dizer o mesmo com respeito à maioria dos criminosos – e, sem dúvida, no caso de crimes passionais. Mesmo nos casos em que o motivo é o interesse próprio, o importante é prevenir o crime, não fazer o criminoso sofrer. Qualquer so-

---

* O cão, para levar vantagem pessoal, ficou louco e mordeu o homem.

frimento que possa ser acarretado pelo processo de prevenção deve ser considerado lamentável, como a dor implicada numa operação cirúrgica. A pessoa que comete um crime movida por um impulso de violência deve ser submetida a um tratamento psicológico científico, destinado a extrair impulsos mais benéficos. A pessoa que comete um crime por cálculos de interesse próprio deve ser levada a sentir que o auto-interesse, uma vez plenamente compreendido, pode ser mais bem correspondido por uma vida que seja útil à comunidade do que por uma que seja prejudicial. Para conseguir isso, é preciso sobretudo alargar sua visão e expandir o âmbito de seus desejos. Hoje em dia, quando um homem sofre de amor insuficiente para com seus semelhantes, o método de cura comumente adotado não parece muito destinado ao sucesso, sendo, na essência, idêntico à atitude daquele homem para com seus semelhantes. O objetivo do encarceramento é poupar problemas, não estudar os casos individuais. Ele é mantido preso numa cela da qual toda a visão da terra é vedada: é submetido à rudeza pelos carcereiros, que, com freqüência, também se tornam embrutecidos por sua ocupação[8]. É solenemente denunciado como inimigo da sociedade. É obrigado a realizar tarefas mecânicas, escolhidas exatamente por seu caráter fastidioso. Não recebe educação ou incentivo para o aperfeiçoamento pessoal. É de estranhar se, ao fim de tal tratamento, seus sentimentos para com a comunidade não se mostrem mais cordiais do que eram no começo?

    A severidade da punição surgiu do espírito de vingança e do medo, numa época em que muitos criminosos escapavam inteiramente à justiça, e esperava-se que as sentenças bárbaras pesassem mais que a oportunidade de fuga na mente do criminoso. Hoje em dia, grande parte do direito penal tem em vista salvaguardar os direitos de

---

    8. Isso foi escrito antes de o autor ter tido qualquer experiência pessoal do sistema prisional. Ele, pessoalinente, não encontrou senão gentileza nas mãos dos funcionários da prisão.

propriedade, isto é – na situação em que as coisas se acham –, os privilégios injustos dos ricos. Aqueles cujos princípios os levam a conflito com o governo, como os anarquistas, lançam tremenda acusação contra o direito e as autoridades, pela maneira injusta como mantêm o *status quo*. Muitas das ações pelas quais os homens enriqueceram são muito mais prejudiciais à comunidade do que os crimes obscuros praticados por pessoas pobres – e, no entanto, tais homens não são punidos, porque não interferem na ordem existente. Se o poder da comunidade deve ser exercido para impedir certos tipos de ação por meio do código penal, é tão necessário que tais ações sejam realmente aquelas prejudiciais à comunidade como é necessário que o tratamento de 'criminosos' deva se libertar da concepção de culpa e inspirar-se no mesmo espírito mostrado no tratamento de enfermidades. Todavia, se essas duas condições fossem cumpridas, não posso deixar de pensar que uma sociedade que preservasse a existência do direito seria preferível a uma sociedade conduzida nos princípios autênticos do anarquismo.

Tratamos, até aqui, do poder que o Estado obtém do direito penal. Temos razões suficientes para julgar que tal poder não pode ser de todo abolido, embora possa ser exercido num espírito completamente diverso, sem o caráter vingativo e a reprovação moral que hoje constituem sua essência.

Consideraremos, a seguir, o poder econômico do Estado e a influência que ele pode exercer com sua burocracia. Os socialistas de Estado argumentam como se não houvesse perigo algum para a liberdade num Estado não baseado no capitalismo. Isso me parece completa ilusão. Dada uma casta oficial, por mais selecionada que seja, é provável que haja um grupo de homens cujos instintos os conduzirão à tirania. Juntamente com o amor natural pelo poder, tais homens terão uma arraigada convicção (como se vê, hoje, nas categorias mais altas do Serviço Público) de que somente eles sabem o suficiente para julgar o que é bom para a comunidade. Como todos os homens que administram um sistema, chegarão a considerar o próprio sistema sacrossanto. As únicas mudanças que desejarão serão no sentido de estabelecer novos regulamentos sobre a maneira como o povo deverá desfrutar as boas coisas que lhe são generosamente concedidas por seus benevolentes déspotas. Quem quer que considere exagerado esse quadro não deve ter estudado a influência e os métodos dos funcionários públicos em nossos dias. Em todas as questões que surgem, eles sabem muito mais do que o público em geral sobre todos os fatos *inequívocos* em questão. A única coisa que não sabem é 'onde o sapato aperta'. Mas aqueles que sabem não são, provavelmente, hábeis em expor seu caso, nem são capazes de dizer, sem preparação prévia, exatamente quantos pés os sapatos estão apertando, ou qual é o exato remédio requerido. A resposta preparada para os ministros pelos funcionários públicos é aceita pelo 'respeitável' público como imparcial e vista como solução para o caso dos descontentes, exceto no tocante a uma questão política de primeira ordem em que se podem ganhar ou perder eleições. Essa, pelo menos, é a maneira como as coisas são conduzidas na Inglaterra. E há toda razão para recear que, sob o socialismo de Estado, o poder dos altos funcionários seria imensamente maior do que é agora.

Aqueles que aceitam a doutrina ortodoxa da democracia asseveram que, se o poder do capital fosse um dia removido, as instituições representativas bastariam para desfazer os males causados pela burocracia. Os anarquistas e sindicalistas dirigiram uma crítica implacável contra tal visão. Os sindicalistas franceses, sobretudo, vivendo efetivamente num país altamente democratizado, sofreram amargas experiências quanto à maneira como o poder do Estado pode ser empregado contra uma minoria progressista. Essa experiência os levou a abandonar, de uma vez por todas, a crença no direito divino das maiorias. A Constituição que desejariam seria uma que concedesse liberdade de ação às minorias vigorosas, conscientes de seus objetivos e preparadas para trabalhar por eles. É inegável que, para todos aqueles que se interessam pelo progresso, a experiência atual de governo representativo democrático é muito decepcionante. Admitindo – como julgo que devemos – que ele é preferível a qualquer forma *anterior* de governo, devemos, não obstante, reconhecer que grande parte da crítica feita contra ele pelos anarquistas e sindicalistas é plenamente justificada. Essa crítica teria tido muito mais influência se alguma idéia clara de uma alternativa à democracia parlamentar tivesse sido apreendida de um modo geral. Mas é preciso confessar que os sindicalistas não expuseram sua causa de uma maneira que pudesse atrair o cidadão médio. Muito do que dizem equivale a isto: uma minoria, consistindo em trabalhadores qualificados em indústrias vitais, pode, por meio de uma greve, tornar impossível a vida econômica de toda a comunidade e, desse modo, forçar sua vontade sobre a nação. A ação que se tem em vista é comparada à tomada de uma usina elétrica, pela qual todo um vasto sistema pode ser paralisado. Uma tal doutrina é um apelo à força, deparando, naturalmente, com um apelo à força do outro lado. É inútil os sindicalistas afirmarem que apenas desejam o poder para promover a liberdade: o mundo que estão procurando criar não exerce, por ora, nenhuma atração sobre a vontade efetiva da comunidade e não pode ser inaugurado, de maneira estável, até conseguir exercer essa atração. A persuasão é um processo vagaroso, podendo, às vezes, ser acelerado por métodos violentos; nesse aspecto, tais métodos podem ser justificados. Mas o objetivo último de qualquer reformador que almeja a liberdade só pode ser atingido mediante persuasão. A tentativa de impor a liberdade pela força sobre aqueles que não desejam aquilo que consideramos liberdade deve sempre se revelar um fracasso; e os sindicalistas, como quaisquer outros reformadores, devem, em última análise, confiar na persuasão se quiserem ser bem-sucedidos.

No entanto, seria um erro confundir objetivos com métodos: por menos que possamos concordar com a proposta de forçar o milênio por meio da fome sobre uma comunidade relutante, podemos ainda concordar em que muito do que os sindicalistas desejam obter é desejável.

Afastemos de nosso espírito as críticas ao governo parlamentar relativas ao sistema atual da sociedade privada e consideremos apenas aquelas que permaneceriam verdadeiras numa comunidade coletivista. Certos defeitos parecem inerentes à própria natureza das instituições representativas. Há certo senso de auto-importância, inseparável do êxito numa contenda pelo favor popular. Existe um hábito quase inevitável de hipocrisia, pois a experiência mostra que a democracia não detecta insinceridade num orador e, por outro lado, ficará chocada diante de coisas que mesmo os mais sinceros dos homens podem considerar necessárias. Daí surgir um tom de cinismo entre os representantes eleitos e a sensação de que pessoa alguma pode manter sem embuste sua posição na política. Isso é culpa tanto da democracia como dos representantes, mas parece inevitável, na medida em que a lisonja é a principal coisa que todos os grupos de homens exigem de seus defensores. Por mais que a culpa possa ser distribuída, o mal deve ser reconhecido como uma coisa fadada a ocorrer nas formas existentes de democracia. Outro mal, observável principalmente em Estados grandes, é a distância existente entre a sede do governo e muitos dos eleitores – distância mais psicológica do que geográfica. Os legisladores vivem em meio de conforto, protegidos por grossas paredes e separados da voz da multidão por inúmeros policiais. Com o passar do tempo, lembram-se apenas vagamente das paixões e das promessas de suas campanhas eleitorais; uma parte essencial da arte de governar é, em sua visão, considerar o que se costuma chamar de interesses gerais da comunidade, em lugar dos interesses de algum grupo descontente; mas os interesses gerais da comunidade são tão vagos que facilmente se vê que coincidem com interesses pessoais. Tudo isso leva os parlamentos a trair o povo, consciente ou inconscientemente; e não é de causar estranheza que hajam produzido certo distanciamento da teoria democrática nos mais vigorosos defensores do trabalho.

O governo da maioria, tal como existe em Estados grandes, está sujeito ao defeito fatal de que, num vasto número de questões, somente uma fração da nação tem algum interesse ou conhecimento direto do assunto – embora os demais tenham voz ativa igual em sua resolução. Quando as pessoas não têm interesse direto numa questão, são propensas a ser influenciadas por considerações despropositadas. Isso é demonstrado na extraordinária relutância em conceder autonomia a nações ou grupos subordinados. Por essa razão, é muito perigoso permitir que a nação, em conjunto, resolva questões que interessam apenas a um pequeno segmento, seja ele geográfico, industrial, seja definido de qualquer outra maneira. A melhor cura para esse mal, tanto quanto se pode ver no momento, reside em permitir o autogoverno a todos os grupos importantes de uma nação quanto a assuntos que afetem muito mais esse grupo do que ao restante da comunidade. O governo de um grupo, escolhido pelo grupo, estará muito mais em contato com seus eleitores, terá muito mais consciência de seus interesses do que um parlamento distante, representando nominalmente todo o país. A idéia mais original no sindicalismo – adotada e desenvolvida pelos socialistas de guilda – é a idéia de transformar as indústrias em unidades com autogoverno no que diz respeito a seus assuntos internos. Por esse método, estendido também a outros grupos que possuam interesses claramente distintos, os males que se têm apresentado na democracia representativa podem ser, creio eu, em grande parte sanados.

Os socialistas de guilda, como já vimos, têm outra sugestão, nascida naturalmente da autonomia das guildas industriais, pela qual esperam limitar o poder do Estado e ajudar a preservar a liberdade individual. Propõem que, além do parlamento, eleito (como acontece hoje em dia) numa base territorial e representando a comunidade como consumidores, haja também um Congresso das Guildas, um sucessor glorificado do Congresso dos Sindicatos, que consistirá em representantes escolhidos pelas guildas e representará a comunidade como produtores. Esse método de diminuir o poder excessivo do Estado foi sedutoramente exposto por G. D. H. Cole em seu *Self-government in industry*[9]. "Onde agora", diz ele, "o Estado aprova uma lei fabril, ou uma lei reguladora das minas de carvão, o Congresso das Guildas do futuro aprovará tais leis, e seu poder de impô-las será o mesmo do Estado" (p. 98). Seu principal motivo para defender esse sistema é que, segundo sua opinião, ele tende a preservar a liberdade individual (p. 91):

> A razão fundamental para a preservação, numa sociedade democrática, tanto das formas industriais como políticas da organização social é, parece-me, que somente dividindo o vasto poder hoje exercido pelo capitalismo industrial o indivíduo pode ter esperança de ser livre.

O sistema sugerido pelo sr. Cole terá tal resultado? Penso ser claro que ele seria, a esse respeito, um aperfeiçoamento do sistema existente. O governo representativo não pode senão melhorar com a adoção de qualquer método que coloque os representantes em contato mais estreito com os interesses de que trata sua legislação; e essa vantagem seria provavelmente assegurada pela transferência das questões de produção ao Congresso das Guildas. Mas se, a despeito das salvaguardas propostas pelos socialistas de guilda, o Congresso das Guildas se tornasse todo-poderoso em tais questões, e se a resistência à sua vontade por parte de uma guilda que se sinta prejudicada se tornasse praticamente irremediável, receio que os males agora relacionados com a onipotência do Estado logo reapareceriam. Os funcionários sindicais, logo que passam a fazer parte

---

9. Bell, 1917.

das forças governantes de um país, tendem a se tornar autocráticos e conservadores; perdem contato com seus eleitores e são atraídos, por uma simpatia psicológica, para um terreno de cooperação com os poderes existentes. Sua investidura formal em autoridade pelos Congressos das Guildas aceleraria tal processo. Eles logo tenderiam a juntar-se, para todos os efeitos, ou até de maneira explícita, àqueles que exercessem autoridade no Parlamento. À parte conflitos ocasionais, comparáveis à rivalidade entre financistas contrários que hoje ocasionalmente perturba a harmonia do mundo capitalista, haveria, na maior parte das vezes, acordo entre as personalidades dominantes nas duas Casas. E tal harmonia roubaria ao indivíduo a liberdade que ele esperara assegurar pelas disputas entre seus chefes.

Não existe método algum, se não estamos enganados, pelo qual um corpo representando toda a comunidade, quer como produtores, quer como consumidores, ou como ambas as coisas, possa ser, por si só, um guardião suficiente da liberdade individual. A única maneira de preservar suficiente liberdade (e mesmo isso não será adequado no caso de minorias muito pequenas) consiste na organização de cidadãos com interesses especiais em grupos, determinados a preservar a autonomia no que tange a seus negócios internos, dispostos a resistir, se necessário pela greve, a quaisquer interferências, e poderosos o suficiente (quer por si próprios, quer por seu poder de atrair a simpatia pública) para que possam resistir com êxito às forças organizadas do governo, quando sua causa for tal que muitas pessoas a considerem justa. Para que esse método seja bem-sucedido, devemos ter não apenas organizações adequadas, mas também respeito generalizado pela liberdade e, ainda, ausência de submissão ao governo, tanto na teoria como na prática. Deverá haver certo risco de desordem em tal sociedade, mas esse risco não é nada se comparado ao perigo da estagnação, que é inseparável de uma autoridade central todo-poderosa.

Podemos, agora, resumir nossa análise dos poderes do governo.

O Estado, apesar do que afirmam os anarquistas, parece ser uma instituição necessária para certos propósitos. A paz e a guerra, tarifas, regulamentação de condições sanitárias e de venda de drogas nocivas, a preservação de um sistema justo de distribuição: essas, entre outras, são funções que dificilmente poderão ser executadas numa comunidade em que não houvesse um governo central. Tomemos, por exemplo, o tráfico de bebidas alcoólicas, ou o tráfico de ópio na China. Se o álcool pudesse ser obtido a preço de custo, sem taxação, ou até mesmo gratuitamente, como os anarquistas presumivelmente desejam, podemos crer que não haveria grande e desastroso aumento de embriaguez? A China foi levada à beira da ruína pelo ópio, e todo chinês patriota desejou a restrição do tráfico de ópio. Em tais questões, a liberdade não é uma panacéia, e certo grau de restrição legal parece imperativo para a saúde nacional.

Mas, admitindo que o Estado, de alguma forma, deve continuar, é preciso também admitir, creio eu, que seus poderes deveriam ser estritamente limitados ao que fosse absolutamente necessário. Não há outro meio de limitar seus poderes, exceto mediante grupos ciosos de seus privilégios e resolvidos a preservar sua autonomia, mesmo que isso implicasse resistência a leis decretadas pelo Estado, quando tais leis interferissem nos assuntos internos de um grupo de maneira não sancionada pelo interesse público. A exaltação do Estado, bem como a doutrina de que é dever do cidadão servir ao Estado, são radicalmente contra o progresso e a liberdade. O Estado, embora seja atualmente fonte de muitos males, é também um meio de obter certas coisas boas, e, enquanto determinados impulsos violentos e destrutivos continuarem a ser comuns, teremos necessidade dele. Mas ele é *meramente* um meio, e um meio que deve ser usado com muita cautela e parcimônia, para que não produza mais mal do que bem. Não é ao Estado, mas à comunidade, a comunidade mundial de todos os seres humanos presentes e futuros, que devemos servir. E uma boa comunidade não surge da exaltação do Estado, mas do livre desenvolvimento dos indivíduos: da felicidade na vida cotidiana, do trabalho satisfatório, que dê oportunidade ao espírito construtivo de cada um, da liberdade das relações pessoais que encarnem o amor e arranquem as raízes da inveja nos casos de capacidade frustrada de afeto e, acima de tudo, da alegria de viver e de sua expressão nas criações espontâneas da arte e da ciência. São essas coisas que tornam uma época ou uma nação dignas de existência – e essas coisas não podem ser asseguradas pela submissão ao Estado. É no indivíduo que tudo o que é bom deve ser realizado, e o livre desenvolvimento do indivíduo deve ser a finalidade suprema de um sistema político que pretenda remodelar o mundo.

Capítulo VI
Relações internacionais

Pode-se considerar que existem dois principais objetivos que devem ser almejados pelas relações internacionais: primeiro, evitar as guerras, e, segundo, impedir que os países fracos sejam oprimidos pelas nações poderosas. De modo algum, esses dois objetivos seguem necessariamente a mesma direção, já que uma das maneiras mais fáceis para assegurar a paz mundial seria a combinação dos Estados mais poderosos para a exploração e a opressão dos demais. Tal método, porém, não é o que o amante da liberdade apoiaria. Devemos levar em conta ambas as finalidades e não nos contentar com nenhuma delas isoladamente.

Um dos lugares-comuns tanto do socialismo como do anarquismo é afirmar que todas as guerras modernas se devem ao capitalismo e deixariam de existir se o capitalismo fosse abolido. Tal opinião, creio eu, constitui apenas meia verdade – a metade verdadeira é importante, mas a metade falsa talvez seja igualmente relevante, quando se está considerando uma reconstrução fundamental da sociedade.

Os críticos socialistas e anarquistas da sociedade atual mostram, com perfeita verdade, certos fatores capitalistas que promovem a guerra. O primeiro desses fatores é o desejo, por parte do mundo das finanças, de encontrar novos campos de investimentos em países não desenvolvidos. J. A. Hobson, autor que não é, de modo algum, radical em suas opiniões, expôs muito bem esse ponto de vista no livro *The evolution of modern capitalism*[1]. Diz ele:

> O eixo econômico, o principal móvel diretor de toda a expansão imperialista moderna, é a pressão das indústrias capitalistas por mercados – em primeiro lugar, mercados para investimentos e, em segundo, mercados para produtos excedentes da indústria interna. Onde a concentração de capital chegou mais longe, e onde prevalece um rigoroso sistema protecionista, essa pressão é, necessariamente, a mais forte. Os trustes e outros ramos manufatureiros que restringem sua produção para o mercado interno não apenas requerem, de maneira mais urgente, mercados exteriores, como também se mostram mais ansiosos por assegurar mercados protegidos, e isso só se pode conseguir estendendo-se a área do domínio político. Esse é o significado essencial da recente mudança na política externa americana, ilustrada pela Guerra Espanhola, a anexação das Filipinas, a política para com o Panamá e a nova aplicação da doutrina Monroe aos Estados da América do Sul. Necessita-se da América do Sul como mercado preferencial para investimento de lucros dos trustes e de seus produtos excedentes: se, com o tempo, esses Estados puderem ser agrupados numa *Zollverein* (união aduaneira) sob a suserania dos Estados Unidos, a área financeira de operações receberá notável aquisição. A China, como campo de empreendimento ferroviário e desenvolvimento industrial geral, já começa a tomar vulto ante os olhos dos homens de negócio norte-americanos previdentes; o crescente comércio norte-americano de algodão e de outros artigos nesse país será uma consideração secundária ante a expansão da área para os investimentos norte-americanos. Pressão diplomática, força armada e, quando desejável, tomada de território para controle político serão arquitetadas pelos magnatas financeiros que controlam o destino político dos Estados Unidos. A poderosa e dispendiosa marinha norte-americana que começa agora a ser construída serve, incidentalmente, ao propósito de conceder contratos vanta-

---

[1]. Walter Scott Publishing Company, 1906, p. 262. [Ed. bras. "A evolução do capitalismo moderno", em *Hobson* (São Paulo, Abril Cultural, 1983).]

josos à indústria naval e metalúrgica: seu real significado e emprego é promover o agressivo plano de ação político imposto à nação pelas necessidades econômicas dos capitalistas financeiros. Deve-se compreender claramente que essa pressão constante para estender as áreas de mercado não é uma decorrência necessária de todas as formas de indústria organizada. Se a concorrência fosse suplantada por combinações de caráter genuinamente cooperativo, em que o ganho de economias melhoradas passasse para os trabalhadores em forma de salários, ou para grandes grupos de investidores em forma de dividendos, a expansão da demanda nos mercados internos seria tão grande que daria pleno emprego às forças produtivas do capital concentrado, e não haveria grandes massas de lucros que se acumulassem por si sós, exprimindo-se em novos créditos e na exigência de aplicação externa. São os lucros de 'monopólio' de trustes e cartéis – obtidos em construção, operação financeira ou trabalho industrial – que formam um fundo reunido de crédito auto-acumulativo cuja posse pela classe financeira implica uma contração da demanda de mercadorias e um correspondente emprego restrito de capital nas indústrias norte-americanas. Dentro de certos limites, pode-se encontrar alívio no estímulo do comércio exportador, sob o manto de uma tarifa altamente protecionista que impede qualquer interferência no monopólio dos mercados internos. Mas é extremamente difícil para trustes adaptados às exigências de um rendoso e fixo mercado interno ajustarem seus métodos de livre concorrência nos mercados mundiais, em bases vantajosas de comércio estável. Ademais, tal método de expansão só é apropriado a certos trustes manufatureiros: os donos de trustes ferroviários, financeiros e de outros tipos devem buscar cada vez mais investimentos externos para seu lucro excedente. Essa necessidade sempre crescente de novos campos de investimento para seus lucros é o ponto crucial do sistema financeiro e ameaça dominar a economia futura e a política da grande República.

    A economia financeira do capitalismo norte-americano revela, de maneira dramática, uma tendência comum às finanças de todas as nações industriais desenvolvidas. O grande, fácil fluxo de capital proveniente da Grã-Bretanha, Alemanha, Áustria, França etc. para as minas sul-africanas ou australianas, para contratos egípcios ou para os precários títulos das repúblicas sul-americanas, revela a mesma pressão geral, que aumenta com cada desenvolvimento da maquinaria financeira e com o controle mais lucrativo dessa maquinaria pelos financistas profissionais.

Se Hobson tivesse escrito mais tarde, a maneira como essas condições tendem à guerra poderia ser ilustrada por vários casos mais recentes. É possível obter uma maior taxa de lucro em empreendimentos num país não desenvolvido do que num desenvolvido, contanto que os riscos relacionados a um governo instável possam ser diminuídos. A fim de diminuir tais riscos, os financistas apelam para a assistência das forças militares e navais do país que eles, em dado momento, afirmam ser seu. Para ganhar o apoio da opinião pública nessa demanda, recorrem ao poder da imprensa.

A imprensa é o segundo grande fator a que os críticos do capitalismo se referem quando desejam provar que o capitalismo é a fonte da guerra moderna. Já que o funcionamento de um grande jornal exige vasto capital, os proprietários de órgãos importantes pertencem, necessariamente, à classe capitalista, e será um caso raro e excepcional se não simpatizarem com a visão e a perspectiva de sua própria classe. Eles podem decidir quais notícias a grande massa de leitores de jornal terá permissão de ler. Podem, de fato, falsear as notícias ou, sem ir tão longe, selecioná-las de modo cuidadoso, apresentando tópicos que estimulem as paixões que desejem estimular e suprimindo os que forneceriam o antídoto para elas. Dessa maneira, o quadro do mundo, no espírito do leitor mediano de jornal, não é pintado como um quadro verdadeiro, mas, de um modo geral, como o que está de acordo com os interesses dos capitalistas. Isso é verdadeiro em vários sentidos e, principalmente, no que se refere às relações entre nações. A massa da população de um país pode ser levada a amar ou odiar qualquer outro país segundo a vontade dos proprietários do jornal, que é, não raro, direta ou indiretamente, influenciada pela vontade dos grandes financistas. Enquanto se desejava que existisse inimizade entre a Inglaterra e a Rússia, nossos jornais estavam repletos do tratamento cruel infligido a prisioneiros políticos russos, da opressão da Finlândia e da Polônia russa, bem como muitos outros tópicos. Logo que nossa política externa mudou, tais notícias desapareceram dos jornais mais importantes e, em seu lugar, ficamos sabendo das iniqüidades da Alemanha. A maioria dos homens não possui espírito suficientemente crítico para se pôr a salvo de tais influências, e, até que isso ocorra, o poder da imprensa permanecerá.

Além dessas duas influências do capitalismo em promover a guerra, há ainda outra, muito menos ressaltada pelos críticos do capitalismo, mas de modo algum menos importante: refiro-me à belicosidade que tende a se desenvolver em homens que têm o hábito de comandar. Enquanto persistir a sociedade capitalista, um grau indevido de poder estará nas mãos daqueles que adquiriram riqueza e influência por uma alta posição na indústria ou nas finanças. Tais homens, na vida privada, não estão habituados a ver sua vontade questionada; são cercados de satélites serviçais e, não raro, estão envolvidos em conflitos com sindicatos. Entre seus amigos e conhecidos, incluem-se os que ocupam altas posições no governo ou na administração, e estes homens estão, igualmente, propensos a se tornar autocráticos pelo hábito de dar ordens. Era costume falar das 'classes governantes', mas a democracia nominal fez essa expressão sair de moda. Não obstante, ela contém ainda grande dose de verdade: há, ainda, em qualquer comunidade capitalista, aqueles que comandam e aqueles que, regra geral, obedecem. O ponto de vista dessas duas classes é muito diferente, embora exista, na sociedade moderna, uma gradação contínua do extremo de uma ao extremo da outra. O homem que está acostumado a encontrar submissão à sua vontade fica indignado nas ocasiões em que depara com oposição. Instintivamente, está convencido de que a oposição é má e deve ser esmagada. Está, portanto, muito mais disposto do que o cidadão médio a recorrer à guerra contra seus rivais. Vemos, assim – embora, claro, haja exceções bastante notáveis –, que, de um modo geral, aqueles que dispõem de mais poder são mais belicosos, e aqueles que possuem o menor poder são os menos propensos ao ódio a nações estrangeiras. Esse é um dos males inseparáveis da concentração do poder. Somente será curado pela abolição do capitalismo se o novo sistema conceder muito menos poder a indivíduos isolados. Não será curado por um sistema que substitua o poder de capitalistas pelo poder de ministros ou altos funcionários. Essa é uma das razões, além das já mencionadas no capítulo anterior, para desejarmos ver uma redução na autoridade do Estado.

Não só a concentração de poder tende a causar guerras, como também as guerras e o medo a elas provocam a necessidade de concentração de poder. Enquanto a comunidade estiver exposta a perigos súbitos, a possibilidade de decisão rápida é absolutamente necessária à autopreservação. O complexo mecanismo das decisões deliberativas pelo povo é impossível numa crise; portanto, enquanto houver probabilidade de ocorrer crises, será impossível abolir o poder quase autocrático dos governos. Neste caso, como em quase todos os outros, cada um dos dois males correlatos tende a perpetuar o outro. A existência de homens que têm o hábito do poder aumenta o risco de guerra, e o risco de guerra torna impossível o estabelecimento de um sistema em que homem nenhum possua grande poder.

Até aqui, consideramos o que há de verdade na asserção de que o capitalismo é a causa das guerras modernas. É preciso agora examinar o outro lado e perguntar-nos se a abolição do capitalismo seria, por si só, suficiente para impedir a guerra.

Quanto a mim, não acredito que seja esse o caso. O ponto de vista tanto dos socialistas como dos anarquistas me parece, neste ponto como em alguns outros, indevidamente divorciado dos instintos fundamentais da natureza humana. Houve guerras antes de existir capitalismo, e brigar é coisa comum entre os animais. O poder da imprensa na promoção da guerra deve-se inteiramente ao fato de ser capaz de apelar a certos instintos. O homem é, por natureza, competitivo, ambicioso e, em maior ou menor grau, belicoso. Quando a imprensa lhe diz que fulano de tal é seu inimigo, todo um conjunto de instintos nele responde à sugestão. É natural a muitas pessoas supor que têm inimigos e encontrar certa satisfação para sua natureza quando entram em alguma disputa. Aquilo em que um homem acredita com indícios mais que insuficientes é um índice de seus desejos – desejos de que ele, com freqüência, não tem consciência. Se apresentamos a alguém um fato que é contrário a seus instintos, a pessoa o examinará de perto, e, a menos que a evidência seja indiscutível, se recusará a acreditar nele. Se, por outro lado, apresentarmos a ele algo que lhe forneça uma razão para agir de acordo com seus instintos, a pessoa o aceitará, mesmo com base na mais tênue evidência. Explica-se, dessa maneira, a origem dos mitos – e muito daquilo em que correntemente se acredita nos assuntos internacionais não passa de mito. Embora o capitalismo forneça, na sociedade moderna, o canal pelo qual a belicosidade do homem encontra vazão, há motivo para recear que, se tal canal fosse fechado, algum outro seria descoberto, a menos que a educação e o ambiente se modificassem tão consideravelmente que diminuíssem a força do instinto de competição. Se uma reorganização econômica puder alcançar isso, poderá fornecer uma garantia real contra a guerra, mas, se não, é de recear que as esperanças de paz universal provarão ser ilusórias.

    A abolição do capitalismo poderia – e é muito provável que conseguiria – diminuir bastante os incentivos para a guerra decorrentes da imprensa e do desejo das finanças de descobrir novos campos para investimento em países não desenvolvidos, mas os decorrentes do instinto de mando e da impaciência com a oposição poderiam permanecer, embora talvez numa forma menos virulenta do que atualmente. Uma democracia que tem poder é quase sempre mais belicosa do que uma que é excluída de sua cota devida no governo. O internacionalismo de Marx baseia-se na suposição de que o proletariado em toda parte se acha oprimido pelas classes governantes. As últimas palavras do *Manifesto comunista* encerram essa idéia:

> Que a classe governante trema ante uma revolução comunista. Os proletários nada têm a perder senão seus grilhões. E têm um mundo a ganhar. Operários de todos os países, uni-vos!

Enquanto os proletários nada tiverem a perder senão seus grilhões, não é provável que sua animosidade se dirija contra outros proletários. Se o mundo tivesse se desenvolvido como Marx esperava, o tipo de internacionalismo que ele previu poderia ter inspirado uma revolução social universal. A Rússia, que, mais do que qualquer outro país, se desenvolveu de acordo com as linhas de seu sistema, teve uma revolução como a que ele esperava. Se o desenvolvimento em outros países tivesse sido semelhante, é muito provável que tal revolução tivesse se estendido por todo o mundo civilizado. Os proletariados de todos os países poderiam ter se unido contra os capitalistas como seus inimigos comuns, e, ligados por ódio idêntico, poderiam, durante algum tempo, ver-se livres do ódio de uns para com os outros. Mesmo assim, o motivo dessa união teria cessado com sua vitória, e, no dia seguinte à revolução social, as antigas rivalidades nacionais tivessem talvez revivido. Não existe alquimia alguma pela qual uma harmonia universal possa ser produzida pelo ódio. Aqueles que foram inspirados à ação pela doutrina da luta de classes terão adquirido o hábito do ódio e procurarão, instintivamente, novos inimigos, quando os antigos forem vencidos.

Na realidade, porém, a psicologia do trabalhador, em qualquer das democracias ocidentais, é inteiramente diferente da que se presume no *Manifesto comunista*. Ele absolutamente não pensa que não tem outra coisa a perder senão seus grilhões – nem isso é, de fato, verdade. Os grilhões que prendem a Ásia e a África na sujeição à Europa são, em parte, cravados por ele. Ele próprio é parte de um grande sistema de tirania e de exploração. A liberdade universal removeria não apenas seus grilhões, que são comparativamente leves, mas os grilhões muito mais pesados que ele ajudou a prender sobre as raças subjugadas do mundo.

Os trabalhadores de um país como a Inglaterra não apenas têm sua porção nos benefícios advindos da exploração de raças inferiores, como também muitos deles têm sua parte no sistema capitalista. Os fundos dos sindicatos e das sociedades de auxílio mútuo são empregados em empreendimentos comuns, como, por exemplo, ferrovias; muitos dos trabalhadores mais bem pagos empregaram suas economias em títulos do governo; e quase todos os que são politicamente ativos se sentem parte das forças que determinam a política pública, por meio do poder do Partido Trabalhista e dos sindicatos maiores. Por esses motivos, sua visão da vida se tornou, em grau considerável, impregnada de capitalismo. E, à medida que cresceu seu senso de poder, também aumentou seu nacionalismo. Isso deve continuar a ser verdadeiro no que se refere a qualquer internacionalismo baseado no ódio ao capitalista e na adesão à doutrina da luta de classes. Algo mais positivo e construtivo do que isso se torna necessário para que as democracias governamentais não herdem os vícios das classes governantes do passado.

Não quero que pensem que nego que o capitalismo muito contribua para promover guerras, ou que as guerras provavelmente seriam menos freqüentes e menos destrutivas se a propriedade privada fosse abolida. Pelo contrário, creio que a abolição da propriedade privada de terra e de capital é um passo rumo a um mundo em que as nações vivam em paz entre si. Estou apenas afirmando que esse passo, embora necessário, não bastará, por si só, para tal finalidade, mas que, entre as causas da guerra, há outras que penetram mais profundamente nas raízes da natureza humana do que quaisquer outras que os socialistas ortodoxos costumam reconhecer.

Tomemos um exemplo. Na Austrália e na Califórnia, as raças amarelas despertam intensa aversão e receio. As causas disso são complexas; mas as principais, dentre elas, são duas: concorrência no trabalho e ódio racial instintivo. É provável que, se o ódio racial não existisse, os problemas da concorrência no trabalho pudessem ser resolvidos. Os imigrantes europeus também competem, mas não são excluídos. Num país esparsamente povoado, o trabalho industrial barato poderia, com um pouco de cuidado, ser utilizado de modo a enriquecer os habitantes existentes. Poderia, por exemplo, limitar-se a certos tipos de trabalho, pelo costume, se não pela lei. Mas o ódio racial abre o espírito dos homens para os males da concorrência e fecha-a contra as vantagens da cooperação; ele os faz encarar com horror os vícios um tanto estranhos dos estrangeiros, enquanto seus próprios vícios são encarados com suave tolerância. Não posso deixar de pensar que, se a Austrália fosse completamente socializada, ainda permaneceria a mesma objeção popular agora existente contra qualquer grande influxo de trabalho chinês ou japonês. Mas, se o Japão também se transformasse em Estado socialista, os japoneses bem poderiam continuar a sentir a pressão da população e o desejo de um escape. Em tais circunstâncias, todas as paixões e interesses necessários para produzir uma guerra existem, apesar do estabelecimento do socialismo em ambos os países. As formigas são tão completamente socialistas como qualquer comunidade pode porventura ser e, no entanto, condenam à morte qualquer formiga do formigueiro vizinho que se meta por engano entre elas. Nesse ponto, os homens não diferem muito das formigas quanto a seus instintos toda vez que há uma grande divergência de raça, como entre brancos e amarelos. É claro que o instinto de hostilidade racial pode ser sobrepujado por circunstâncias adequadas; mas, na ausência de tais circunstâncias, ele permanece uma tremenda ameaça à paz mundial.

Para que a paz mundial chegue um dia a ser assegurada, creio que, além de outras mudanças, deverá haver um desenvolvimento da idéia que inspira o projeto de uma Liga das Nações. Conforme o tempo passa, o poder de destruição da guerra se torna maior e seus lucros diminuem: o argumento racional contra a guerra adquire cada vez mais força, à medida que a crescente produtividade do trabalho torna possível empregar uma proporção cada vez maior da população no trabalho da carnificina mútua. Em épocas de paz, ou quando uma grande guerra acaba de terminar, o estado de espírito das pessoas é receptível a argumentos racionais a favor da paz, e é possível iniciar esquemas destinados a tornar as guerras menos freqüentes. Provavelmente, nenhuma nação civilizada se entregaria a uma guerra de agressão se fosse bastante certo, de antemão, que será derrotada. Isso poderia ser conseguido se a maioria das grandes nações viesse a considerar a paz mundial tão importante que se alinharia contra um agressor, mesmo numa disputa em que não tivesse interesse direto. É nessa esperança que se baseia a Liga das Nações.

Mas a Liga das Nações, tal como a abolição da propriedade privada, não será, de modo algum, suficiente se não for acompanhada ou rapidamente seguida de outras reformas. É claro que tais reformas, para serem efetivas, devem ser internacionais; nessas questões, o mundo deve mover-se como um todo, senão não se moverá. Para que se garanta a paz, uma das necessidades mais evidentes é uma iniciativa de desarmamento. Enquanto existirem os enormes exércitos e marinhas atuais, sistema algum poderá impedir o risco de guerra. Mas o desarmamento, para que sirva a seu propósito, deve efetuar-se de maneira simultânea e por acordo mútuo entre todas as grandes potências. E é pouco provável que seja bem-sucedido enquanto o ódio e a desconfiança predominarem entre as nações, pois cada nação suspeitará de que seu vizinho não está cumprindo lealmente o acordo. Uma atmosfera mental e moral diferente daquela a que estamos acostumados nos assuntos internacionais será necessária para que os acordos entre as nações tenham êxito em evitar catástrofes. Existindo tal atmosfera, ela poderia ser perpetuada e fortalecida por meio de instituições sensatas; mas não pode ser *criada* apenas por tais instituições. A cooperação internacional exige boa vontade mútua – e a boa vontade, embora haja surgido, só poderá ser *preservada* mediante cooperação. O futuro internacional depende da possibilidade da criação inicial de boa vontade entre as nações.

É em questões desse tipo que as revoluções são mais úteis. Se a Revolução Russa tivesse sido acompanhada de uma revolução na Alemanha, a dramática subitaneidade da mudança poderia ter sacudido a Europa, por um momento, para fora de seus hábitos mentais: pareceria que a idéia de fraternidade, num piscar de olhos, penetrara no mundo da política prática; e idéia alguma é tão prática quanto a idéia da fraternidade humana, bastando que as pessoas comecem, como que por um choque, a acreditar nela. Se a idéia de fraternidade entre as nações se inaugurasse com a fé e o vigor próprios de uma nova revolução, todas as dificuldades à sua volta seriam dissipadas, pois todas elas se devem à suspeição e à tirania de antigo preconceito. Aqueles que (como é comum no mundo de fala inglesa) rejeitam a revolução como um método e louvam o desenvolvimento fragmentado e gradual que (segundo nos dizem) constitui o progresso sólido, não notam a eficácia de acontecimentos dramáticos em modificar o estado de espírito e as crenças de populações inteiras. Uma revolução simultânea na Alemanha e na Rússia teria tido, sem dúvida, tal eficácia e teria tornado possível a criação de um mundo novo aqui e agora.

Dis aliter visum: o milênio não é para nosso tempo. O grande momento passou, e, quanto a nós, é novamente a esperança distante que deve nos inspirar, não a busca imediata e ansiosa de libertação[2]. Mas vimos o que *poderia* ter sido e sabemos que grandes oportunidades realmente surgem em épocas de crise. Em certo sentido similar, pode bem ser verdade que a revolução socialista seja o caminho

---

2. Isso foi escrito em março de 1918, num dos momentos mais tenebrosos da guerra.

Relações internacionais

para a paz universal, e que, quando tiver sido percorrido, todas as outras condições para a cessação das guerras surgirão por si mesmas da nova atmosfera mental e moral.

Há certa espécie de dificuldades que rodeia o idealista sóbrio em todas as especulações sobre o futuro não muito distante. São os casos em que a solução considerada universalmente aplicável pela maioria dos idealistas é, por alguma razão, impossível, sendo ao mesmo tempo contestada, por motivos vis ou interessados, por todos os que defendem as desigualdades existentes. O caso da África Tropical ilustrará o que quero dizer. Seria difícil defender seriamente a introdução imediata de um governo parlamentar para os nativos dessa parte do mundo, mesmo que fosse acompanhado de sufrágio feminino e representação proporcional. Tanto quanto sei, ninguém supõe que as populações dessas regiões sejam capazes de autodeterminação, exceto o sr. Lloyd George. Não pode haver dúvida de que, seja qual for o regime introduzido na Europa, os negros africanos continuarão, durante longo tempo, a ser governados e explorados pelos europeus. Se os Estados europeus se tornassem socialistas e se recusassem, movidos por um impulso quixotesco, a enriquecer-se à custa dos indefesos habitantes da África, estes nada lucrariam com isso; pelo contrário, perderiam, pois ficariam à mercê de mercadores individuais, que operam com exércitos de malfeitores perversos e cometem todo tipo de atrocidades a que tende o bárbaro civilizado. Os governos europeus não podem eximir-se de responsabilidade com respeito à África. Devem governar lá, e o melhor que se pode esperar é que governem com um mínimo de crueldade e avidez. Do ponto de vista da preservação da paz no mundo, o problema consiste em distribuir as vantagens que os brancos obtêm de sua posição na África, de tal modo que nenhuma nação se sinta injustiçada. Esse problema é relativamente simples e poderia, sem dúvida, ser resolvido de acordo com os objetivos de guerra dos socialistas interaliados. Mas não é esse problema que desejo discutir. O que pretendo examinar é: de que maneira uma comunidade socialista ou anarquista poderia governar e administrar uma região africana, repleta de riquezas naturais, mas habitada por uma população totalmente incivilizada. A menos que grandes precauções fossem tomadas, a comunidade branca, em tais circunstâncias, adquiriria a posição e os instintos de um senhor de escravos. Ela tenderia a conservar os negros no nível mais baixo de subsistência, enquanto o produto de seu país seria usado para aumentar o conforto e o esplendor da comunidade comunista. E faria isso com aquela meticulosa inconsciência que hoje caracteriza todos os piores atos das nações. Administradores seriam designados e deveriam manter silêncio quanto a seus métodos. Ninguém acreditaria nos intrometidos que contassem horrores, e alguém diria que eles são movidos pelo ódio contra o regime existente e por um perverso amor por todos os países, exceto o seu. Sem dúvida, no primeiro entusiasmo generoso que acompanhasse o estabelecimento do novo regime em casa, haveria intenção de tornar os nativos felizes, mas, aos poucos, eles seriam esquecidos, e só os tributos provenientes de seu país seriam lembrados. Não digo que todos esses males são inevitáveis; afirmo apenas que não serão evitados a menos que sejam previstos e haja um esforço deliberado para impedir que ocorram. Se as comunidades brancas chegarem algum dia a atingir o ponto de desejar pôr em prática tanto quanto possível os princípios em que se baseia a revolta contra o capitalismo, precisarão descobrir um meio de estabelecer um absoluto desinteresse em suas relações com as raças subjugadas. Será necessário evitar a mais leve sugestão de lucro capitalista no governo da África e gastar nos países o que estes poderiam gastar se tivessem governo próprio. Ademais, devemos sempre nos lembrar de que atraso em civilização não é algo necessariamente incurável e que, com o tempo, mesmo as populações da África Central podem se tornar capazes de autogoverno democrático, contanto que os europeus orientem sua energia para esse propósito.

O problema africano é, certamente, uma parte dos problemas mais amplos do imperialismo, mas é aquela parte em que a aplicação de princípios socialistas é a mais difícil. Em relação à Ásia, e mais particularmente em relação à Índia e à Pérsia, a aplicação dos princípios é clara na teoria, embora difícil na prática política. Os obstáculos ao autogoverno existentes na África não existem, no mesmo grau, na Ásia. O obstáculo no caminho da liberdade das populações asiáticas não é falta de inteligência, mas apenas falta de perícia militar, o que as torna presa fácil de nossa ânsia de domínio. É provável que essa ânsia se ausentasse temporariamente, logo após uma revolução socialista, e, nesse momento, a política asiática poderia seguir novo rumo, com resultados permanentemente benéficos. Não quero dizer, é claro, que deveríamos impor à Índia a forma de governo democrático que desenvolvemos para nossas próprias necessidades. Ao contrário, quero dizer que devemos deixar a Índia escolher sua própria forma de governo, sua própria maneira de educação e seu próprio tipo de civilização. A Índia tem uma tradição antiga, muito diferente da tradição da Europa Ocidental – uma tradição que os hindus cultos muito prezam, mas pela qual nossas escolas e colégios não sentem amor algum. O nacionalista hindu sente que seu país tem um tipo de cultura cujos valores estão ausentes, ou são bem menos acentuados, no Ocidente. Ele quer ser livre para preservar tal cultura e deseja a liberdade política por essas razões, e não pelas razões que mais naturalmente seduziriam um inglês que se encontrasse na mesma posição de sujeição. A crença dos europeus em sua própria *Kultur* tende a ser fanática e implacável, e, por essa razão, tanto quanto por qualquer outra, a independência da civilização extra-européia é de real importância para o mundo, pois não é mediante uma uniformidade morta que o mundo, como um todo, mais se enriquece.

Expus com veemência todas as grandes dificuldades no caminho da preservação da paz mundial, não porque creio que tais dificuldades sejam insuperáveis, mas, ao contrário, porque acredito que possam ser vencidas se forem reconhecidas. Um diagnóstico correto é, necessariamente, o primeiro passo para a cura. Os males existentes nas relações internacionais nascem, no fundo, de causas psicológicas, de motivos que fazem parte da natureza humana, tal como ela é hoje. Entre eles, os principais são a competitividade, o amor ao poder e a inveja, entendida naquele amplo sentido em que inclui a aversão instintiva a qualquer ganho para os outros que não seja acompanhado de ganho no mínimo igual para nós. Os males decorrentes dessas três causas podem ser afastados por uma educação e um sistema econômico e político melhores.

A competitividade não é, de modo algum, inteiramente um mal. Quando assume a forma de emulação no serviço público, no campo das descobertas ou na criação de obras de arte, pode transformar-se em estímulo sumamente útil, levando os homens a um esforço vantajoso, além do que fariam se ela não existisse. Só é prejudicial quando tem por objetivo a aquisição de bens que são limitados em quantidade, de modo que o que um homem possui, ele o mantém a expensas de outrem. Quando a competitividade assume essa forma, é forçosamente acompanhada de medo, e do medo se desenvolve, quase de maneira inevitável, a crueldade. Mas um sistema social que cuida de uma distribuição mais justa dos bens materiais poderia vedar ao instinto de competitividade os canais em que ele é nocivo e fazê-lo fluir, em vez disso, por canais em que seria um benefício à humanidade. Essa é uma das grandes razões pelas quais a propriedade comunal de terra e capital teria probabilidade de exercer um efeito benéfico sobre a natureza humana; pois a natureza humana, tal como existe em homens e mulheres adultos, não é, de modo algum, um dado fixo, mas um produto de circunstâncias, educação e oportunidade, agindo sobre uma disposição inata altamente maleável.

O que é verdade sobre a competitividade também o é com respeito ao amor pelo poder. O poder, na forma como é hoje comumente buscado, é o poder de comandar, de impor nossa vontade aos outros por meio de força, de modo aberto ou velado. Essa forma de poder consiste essencialmente em contrariar as outras pessoas, pois somente se manifesta quando elas são obrigadas a fazer aquilo que não desejam. O sistema social que deverá substituir o capitalismo reduzirá esse poder, assim esperamos, ao mínimo, por meio dos métodos que esboçamos no capítulo anterior. Tais métodos podem ser aplicados tanto nos assuntos nacionais como nos internacionais. Nos assuntos internacionais, será válida a mesma fórmula de federalismo: autodeterminação para cada grupo no que se refere a questões que lhe interessem de maneira muito mais vital do que a outros grupos, e governo mediante uma autoridade neutra que abranja grupos rivais em todas as questões em que haja interesses de grupo conflitantes – mas sempre com o princípio fixo de que as funções de governo devem ser reduzidas ao mínimo possível que seja compatível com a justiça e com a prevenção da violência privada. Em tal mundo, os atuais e nocivos meios de escape para o amor pelo poder seriam obstruídos. Mas o poder que consiste na persuasão, no ensino, na condução dos homens a uma nova sabedoria ou na efetivação de possibilidades novas de felicidade – esta espécie de poder, que poderá ser inteiramente benéfica, permaneceria intacta, e muitos homens vigorosos que no mundo atual dedicam suas energias à dominação veriam suas energias voltadas, em tal mundo, para a criação de novos bens, em vez de para a perpetuação de antigos males.

A inveja, a terceira das causas psicológicas a que atribuímos o que é mau no mundo atual, depende, na maior parte das naturezas, daquele tipo de descontentamento fundamental que nasce da falta de livre desenvolvimento, do instinto frustrado e da impossibilidade de realizar uma felicidade imaginada. A inveja não pode ser curada com sermão: o sermão, na melhor das hipóteses, apenas modificará suas manifestações, levando-a a adotar formas mais sutis de dissimulação. Exceto nas naturezas raras em que predomina a generosidade a despeito das circunstâncias, a única cura para a inveja consiste na liberdade e na alegria de viver. De populações grandemente privadas dos prazeres simples e instintivos do lazer e do amor, do brilho do sol e de campos verdes, dificilmente se poderá esperar uma visão generosa das coisas ou afabilidade de espírito. Em tais populações, é pouco provável que se encontrem essas qualidades, mesmo entre os poucos afortunados, pois estes percebem, embora vagamente, que estão sendo beneficiados por uma injustiça e que somente podem continuar a gozar sua boa sorte ignorando, deliberadamente, aqueles com os quais ela não é compartilhada. Para que a generosidade e a bondade sejam coisas comuns, é preciso haver mais cuidado do que agora pelas necessidades elementares da natureza humana e maior compreensão de que a difusão da felicidade entre os que são vítimas de determinado infortúnio é não só possível como, também, imperativo. Um mundo repleto de felicidade não desejaria mergulhar na guerra, nem se ocuparia dessa rancorosa hostilidade que nossa existência acanhada e estreita impõe à natureza humana mediana. A criação de um mundo pleno de felicidade não se acha além das possibilidades humanas: os obstáculos impostos pela natureza inanimada não são insuperáveis. Os verdadeiros obstáculos acham-se no coração do homem, e a cura para eles reside numa esperança firme, esclarecida e animada pelo pensamento.

Capítulo VII
A ciência e a arte sob o socialismo

O socialismo tem sido preconizado pela maioria de seus defensores principalmente como um meio de aumentar o bem-estar das classes assalariadas e, mais em particular, seu bem-estar material. De acordo com isso, pareceu a certos homens cujos objetivos não são de ordem material como se ele nada tivesse a oferecer ao progresso geral da civilização no tocante à arte e ao pensamento. Além disso, alguns de seus defensores – entre os quais se poderá incluir Marx – escreveram, sem dúvida não deliberadamente, como se, com a revolução socialista, o milênio tivesse chegado, não havendo necessidade de novos progressos para a raça humana. Não sei se nossa época é mais inquieta do que a que a precedeu, ou se apenas se tornou mais impregnada da idéia de evolução; mas, seja qual for a razão, tornamo-nos incapazes de acreditar num estado de perfeição estática, e exigimos, de qualquer sistema social que pretenda nossa aprovação, que contenha em si mesmo um estímulo e uma oportunidade de progresso no sentido de algo ainda melhor. Assim, as dúvidas levantadas por escritores socialistas tornam necessário investigar se o socialismo seria, de fato, hostil à arte e à ciência, e se seria capaz de produzir uma sociedade estereotipada em que o progresso se tornasse lento e difícil.

Não basta fazer com que homens e mulheres se sintam confortáveis num sentido material. Hoje, muitos membros das classes prósperas, apesar de terem a oportunidade, não contribuem com nada de valor para a vida do resto do mundo, nem mesmo conseguem assegurar para si próprios qualquer felicidade pessoal digna desse nome. A multiplicação de tais indivíduos seria uma conquista de ínfimo valor; e, se o socialismo fosse simplesmente conceder a todos o tipo de vida e perspectiva agora desfrutado pelas mais apáticas entre as pessoas prósperas, ofereceria pouca coisa que pudesse despertar entusiasmo em qualquer espírito generoso.

"O verdadeiro papel da existência coletiva", diz monsieur Naquet[1], é aprender, descobrir, conhecer. Comer, beber, dormir – numa palavra, viver – é mero acessório. Nesse sentido, não nos distinguimos dos animais. O conhecimento é o objetivo. Se eu fosse condenado a escolher entre uma humanidade materialmente feliz, empanturrada como um rebanho de carneiros num pasto, e uma humanidade que existisse em meio da miséria, mas da qual emanasse, aqui e ali, alguma verdade eterna, é sobre esta última que recairia minha escolha.

Essa afirmação coloca a alternativa numa forma demasiado extrema, que lhe confere algo de irreal. Pode-se dizer, em resposta, que, para aqueles que tiveram o tempo livre e a oportunidade de gozar das 'verdades eternas', é fácil exaltar sua importância à custa de sofrimentos que recaem sobre os outros. Isso é verdade, mas, se tomado como resolução da questão, deixa fora de consideração a importância do pensamento para o progresso. Encarando toda a vida da humanidade, tanto no futuro como no presente, não pode haver dúvida de que uma sociedade em que certos homens buscam o conhecimento, enquanto outros sofrem grande pobreza, oferece mais esperança de um bem derradeiro do que uma sociedade em que todos se achem mergulhados em indolente conforto. Não há dúvida de que a pobreza é um grande mal, mas não é verdade que a pros-

---

1. *L'anarchie e le collectivisme*, p. 114.

peridade material seja, em si, um grande bem. Para que tenha algum valor real para a sociedade, ela deve se tornar um meio de progresso que conduza aos bens mais elevados, pertencentes à vida do espírito. Mas a vida do espírito não consiste apenas em pensamento e sabedoria, nem pode ser completamente saudável a menos que tenha algum contato instintivo, por mais abafado que seja, com a vida geral da comunidade. Divorciado do instinto social, o pensamento, como a arte, tende a tornar-se amaneirado e afetado. É a posição dessa arte e desse pensamento imbuídos do senso instintivo de serviço à humanidade que desejamos considerar, pois é somente isso que constitui a vida do espírito, no sentido em que é uma parte fundamental da vida da comunidade. A vida do espírito nesse sentido ainda será um incentivo suficiente para o progresso, de modo a evitar uma condição de bizantina imobilidade?

Ao considerarmos tal questão, estamos, de certo modo, nos afastando da atmosfera da democracia. O bem geral da comunidade realiza-se apenas em indivíduos, mas se realiza de maneira mais ampla em certos indivíduos do que em outros. Certos homens possuem intelecto vasto e penetrante, que lhes permite apreciar e recordar o que seus predecessores pensaram e conheceram, e descobrir regiões novas, em que gozam de todos os altos deleites do explorador mental. Outros têm o poder de criar beleza, dando forma física a impalpáveis visões das quais brota alegria para muitos. Tais homens são mais afortunados do que a massa e, também, mais importantes para a vida coletiva. Neles se concentra uma parte maior da soma total de bens do que no indivíduo comum; mas sua contribuição para o bem geral é, também, maior. Eles sobressaem ao restante dos homens e não podem ser inteiramente enquadrados na estrutura da igualdade democrática. Um sistema social que os tornasse improdutivos permaneceria condenado, quaisquer que fossem os outros méritos que pudesse ter.

A primeira coisa a compreender – embora isso seja difícil numa era comercial – é que o melhor da atividade mental criadora não pode ser obtido por nenhum sistema de recompensa monetária. A oportunidade e o estímulo de uma atmosfera intelectual revigorante são importantes, mas, se esses fatores se acharem presentes, não haverá necessidade de incentivos financeiros, ao passo que, se ausentes, as compensações materiais de nada valerão. O reconhecimento, mesmo que assuma a forma de dinheiro, pode propiciar certo prazer, na velhice, ao cientista que batalhou durante toda a vida contra preconceitos acadêmicos, ou ao artista que suportou anos de ridículo por não pintar à maneira de seus antecessores; mas não é pela esperança remota de tais prazeres que seu trabalho foi inspirado. Todas as obras mais importantes nascem de um impulso espontâneo e são mais bem fomentadas, não por recompensas posteriores ao acontecimento, mas por circunstâncias que mantêm vivo o impulso criador e fornecem um campo de ação para as atividades que ele inspira. Quanto à criação de tais circunstâncias, nosso sistema atual é bastante falho. Será o socialismo melhor?

Não creio que tal pergunta possa ser respondida sem especificar o tipo de socialismo pretendido: certas formas de socialismo seriam, penso eu, ainda mais destrutivas nessa área do que o atual regime capitalista, ao passo que outras seriam incomensuravelmente melhores. Três coisas que o sistema social pode oferecer ou recusar são úteis à criação mental: em primeiro lugar, treinamento técnico; em segundo, liberdade para seguir o impulso criador; em terceiro, pelo menos a possibilidade de apreciação final por algum público, grande ou pequeno. Podemos deixar fora de nossa discussão tanto os gênios individuais como aquelas intangíveis condições que tornam certas épocas grandes e outras estéreis na arte e na ciência – não porque sejam sem importância, mas porque são muito pouco compreendidas para entrar em consideração numa organização econômica ou política. As três condições que mencionamos parecem abranger a maior parte daquilo que se possa *julgar* útil ou nocivo de nosso ponto de vista atual. É, portanto, a elas que nos limitaremos.

1. *Treinamento técnico.* O treinamento técnico, atualmente, na ciência ou na arte, requer uma ou outra de duas condições: um jovem tem de ser filho de pais prósperos, que possam mantê-lo enquanto adquire sua educação, ou tem de revelar desde cedo tanta habilidade que lhe permita subsistir com bolsas de estudo, até que esteja preparado para ganhar a vida. A primeira condição é, por certo, simples questão de sorte, e não poderia ser mantida em sua forma atual sob nenhuma espécie de socialismo ou comunismo. Essa perda é salientada pelos defensores do sistema atual e, sem dúvida, seria até certo ponto uma perda real. Mas os abastados constituem uma pequena proporção da população, e presume-se que, em média, não são mais bem dotados pela natureza do que seus contemporâneos menos afortunados. Se as vantagens hoje desfrutadas pelos poucos entre eles capazes de realizar um bom trabalho na ciência e nas artes pudessem ser estendidas, mesmo de maneira ligeiramente atenuada, a todos aqueles da mesma forma talentosos, o resultado seria quase infalivelmente um ganho, e muita capacidade que hoje é desperdiçada se tornaria produtiva. Mas como realizar isso?

O sistema de bolsas de estudo obtidas mediante competição, embora seja melhor do que nada, é criticável de muitos pontos de vista. Ele introduz o espírito competitivo no trabalho de pessoas muito jovens; elas passam a encarar o conhecimento do ponto de vista do que é útil para os exames, não à luz de sua importância ou interesse intrínsecos. Além disso, estabelece um prêmio para aquela espécie de habilidade revelada precocemente em respostas superficiais para perguntas prontas, e não para aquele tipo de quem medita sobre dificuldades e permanece, durante algum tempo, mais calado. O que é talvez pior do que qualquer um desses defeitos é produzir excesso de trabalho na juventude, resultando na falta de vigor e de interesse quando se atinge a idade adulta. Dificilmente se pode duvidar de que, por esse motivo, hoje muitos espíritos finos tenham perdido a acuidade e tido sua perspicácia destruída.

O socialismo de Estado poderia facilmente universalizar o sistema de bolsas de estudo obtidas por exame competitivo, e, se fizesse tal coisa, é de recear que isso seria sumamente nocivo. Os socialistas de Estado, no momento, parecem estar apaixonados pelo sistema, que é exatamente do tipo que todo burocrata ama: organizado, limpo, proporcionando estímulo aos hábitos diligentes de trabalho, sem envolver qualquer desperdício que pudesse ser tabulado em estatísticas ou relações de gastos públicos. Tais homens afirmarão que o ensino superior gratuito é dispendioso para a comunidade, sendo útil apenas no caso dos que possuem habilidades excepcionais. E, portanto, não deve, dirão, ser concedido a todos, mas unicamente àqueles que, recebendo-o, irão se tornar membros mais úteis da sociedade. Tais argumentos atraem sobremaneira os chamados homens 'práticos', e as respostas a eles são de um tipo difícil de tornar amplamente convincente. A revolta contra os males da competição é, no entanto, parte da própria essência do protesto socialista contra a ordem existente, e, nesse terreno, se em nenhum outro, aqueles que são a favor do socialismo podem ser convocados a procurar solução melhor.

A solução mais simples – e a única de fato eficiente – é tornar todo tipo de ensino gratuito até os 21 anos de idade a todos os rapazes e moças que o desejem. A maioria estará cansada do estudo antes dessa idade, preferindo começar mais cedo outro trabalho. Isso conduzirá a uma seleção natural daqueles que se interessem verdadeiramente por algum objetivo que exija longo treinamento. Entre os selecionados, desse modo, por suas próprias inclinações, serão incluídos, provavelmente, quase todos os que possuam habilidades acentuadas do tipo em apreço. É verdade que também haverá muitos dotados de pouquíssima capacidade; o desejo de tornar-se pintor, por exemplo, não se limita, de modo algum, àqueles que sabem pintar. Mas esse grau de desperdício poderia muito bem ser suportado pela comunidade – seria incomensuravelmente menor do que aquele hoje acarretado pelo sustento dos ricos ociosos. Qualquer sistema que almeje evitar essa espécie de desperdício implicará o desperdício muito mais sério de rejeitar ou estragar alguns dos melhores talentos em cada geração. O sistema de ensino gratuito até qualquer grau para todos que o desejem é o único sistema condizente com os princípios de liberdade e o único que representa uma esperança razoável de propiciar plena oportunidade ao talento. Esse sistema é igualmente compatível com todas as formas de socialismo e anarquismo. Em teoria, é compatível com o capitalismo, mas, na prática, é tão oposto a ele em espírito que dificilmente se tornaria factível sem uma completa reconstrução econômica. O fato de que o socialismo acabaria por facilitá-lo deve ser visto como argumento muito poderoso a favor da mudança, pois atualmente o desperdício de talento entre as classes mais pobres da sociedade deve ser assombroso.

2. *Liberdade para seguir o impulso criador.* Ao fim do treinamento de um indivíduo, se este possuir habilidades realmente grandes, efetuará seu melhor trabalho se for completamente livre para seguir suas inclinações, criando o que lhe pareça bom, independentemente do julgamento dos 'especialistas'. Hoje, isso só é possível a duas classes de pessoas: as que possuem recursos privados e as que podem ganhar a vida com uma ocupação que não lhes absorva todas as energias. Sob o regime socialista, não haverá ninguém com recursos privados, e, para que não haja perda alguma no tocante à arte e à ciência, as oportunidades que agora surgem de forma acidental para poucos serão concedidas, deliberadamente, a um número muito maior de pessoas. Aqueles que empregaram recursos próprios como uma oportunidade para o trabalho criador foram poucos, mas importantes: poderíamos mencionar Milton, Shelley, Keats e Darwin como exemplos. Provavelmente, nenhum deles teria produzido tão bom trabalho se tivessem precisado ganhar a vida. Se Darwin tivesse sido professor universitário, teria sido, é claro, afastado de seu posto pela influência dos clérigos por causa de suas teorias escandalizantes.

Não obstante, a maior parte do trabalho criativo do mundo é realizada, em nossos dias, por homens que subsistem com alguma outra ocupação. A ciência e a pesquisa em geral são realizadas habitualmente nas horas vagas por homens que ganham a vida lecionando. Não há grande objeção a isso no caso da ciência, contanto que o número de horas dedicado ao ensino não seja excessivo. É em parte porque a ciência e o ensino se combinam tão facilmente que a ciência se mostra vigorosa em nossa época. Na música, um compositor que é também um executante desfruta vantagens semelhantes, mas os que não são executantes passam fome, a menos que sejam ricos ou estejam dispostos a satisfazer os caprichos do gosto público. Nas belas-artes, regra geral, não é fácil no mundo moderno nem ganhar a vida com um trabalho realmente bom, nem encontrar uma profissão subsidiária que deixe tempo livre suficiente para a criação. Essa é, presumivelmente, uma das razões – embora, de modo algum, a única – por que a arte floresce menos do que a ciência.

O Estado socialista burocrático terá uma solução simples para tais dificuldades. Nomeará um órgão, constituído das personalidades mais eminentes na arte ou na ciência, cuja função será julgar o trabalho dos jovens, concedendo licenças para aqueles cujas produções sejam de seu agrado. Um artista licenciado será considerado um cumpridor de seu dever para com a comunidade mediante a produção de obras de arte. Mas terá, naturalmente, de provar sua capacidade, nunca deixando de produzir em quantidades razoáveis, bem como sua constante habilidade, nunca deixando de agradar a seus eminentes juízes – até que, decorrido muito tempo, ele próprio se transforme em juiz. Desse modo, as autoridades garantirão que o artista é competente, regular e obediente às melhores tradições da arte. Os que não preencherem tais condições serão obrigados, pela cassação de sua licença, a procurar algum modo menos dúbio de ganhar a vida. Esse será o ideal do Estado socialista.

Em tal mundo, pereceria tudo o que torna a vida tolerável ao amante da beleza. A arte brota de um lado selvagem e anárquico da natureza humana; entre o artista e o burocrata deverá haver sempre profundo antagonismo mútuo, uma batalha de toda uma era, em que o artista, sempre vencido exteriormente, acaba por conquistar no fim a gratidão da humanidade, pela alegria que põe em suas vidas. Se o lado impetuoso da natureza humana deve estar permanentemente sujeito às normas sistemáticas dos burocratas benevolentes e incompreensivos, a alegria de viver sumirá da terra, e o próprio impulso da vida irá aos poucos fenecendo, até morrer. Mil vezes melhor o mundo atual, com todos seus horrores, do que um mundo mumificado como esse! Antes o anarquismo, com todos os seus riscos, do que um socialismo de Estado que submeta a normas o que deve ser espontâneo e livre, para que tenha algum valor. É esse pesadelo que torna os artistas e os amantes da beleza em geral tão freqüentemente desconfiados do socialismo. Mas nada existe na essência do socialismo que torne a arte impossível: apenas certas formas de socialismo acarretariam tal perigo. William Morris era socialista, e o era, em grande parte, porque era artista. E, nisso, ele não era irracional.

É impossível à arte, ou a qualquer outra atividade criativa superior, florescer sob algum sistema que exija que o artista prove sua competência ante um corpo de autoridades, antes que lhe seja permitido seguir seus impulsos. É quase certo que qualquer artista realmente grande será considerado incompetente por aqueles entre os mais velhos em geral considerados mais bem qualificados para formar uma opinião. E o simples fato de precisar produzir obras que agradem a pessoas mais velhas é hostil a um espírito livre e à inovação ousada. À parte tal dificuldade, a seleção por pessoas mais velhas conduziria a invejas, intrigas e maledicência, criando uma atmosfera venenosa de competição subterrânea. O único efeito de tal plano seria eliminar os poucos indivíduos que agora conseguem escapar por um algum acaso feliz. Não é por nenhum sistema, mas somente por meio da liberdade, que a arte pode florescer.

Há duas maneiras pelas quais o artista poderia assegurar a liberdade sob um regime socialista do tipo certo. Ele poderia empreender trabalho regular fora de sua arte, realizando apenas algumas poucas horas de trabalho diário e recebendo pagamento proporcionalmente inferior aos que trabalham em tempo integral. Ele deveria, nesse caso, ter liberdade de vender seus quadros, se conseguisse encontrar compradores. Um sistema assim teria muitas vantagens. Deixaria toda e qualquer pessoa livre para se tornar artista, contanto que estivesse disposta a sofrer certo prejuízo econômico. Isso não deteria aqueles cujo impulso criador fosse poderoso e genuíno, mas tenderia a excluir os diletantes. Muitos jovens artistas, hoje em dia, sofrem voluntariamente pobreza muito maior do que a que seria acarretada por trabalharem apenas meio expediente numa sociedade socialista bem organizada. Além disso, certo grau de privação não é condenável, como um teste do vigor do impulso criador e como um contrapeso às alegrias peculiares à vida criativa.

A outra possibilidade[2] seria que as coisas necessárias à vida fossem gratuitas – como pretendem os anarquistas – a todos de maneira igual, quer trabalhassem ou não. De acordo com esse plano, todo homem poderia viver sem trabalhar: haveria o que se poderia chamar de 'salário de vagabundo', suficiente para a existência, mas não para o luxo. O artista que preferisse dispor de todo seu tempo para a arte e o prazer poderia viver com o 'salário de vagabundo' – viajando a pé quando lhe desse na veneta visitar países estrangeiros, gozando do ar e do sol, tão livre como as aves e, talvez, pouco menos feliz. Tais homens trariam colorido e diversidade à vida da comunidade; sua visão de mundo seria diferente da dos sóbrios trabalhadores sedentários; manteriam vivo esse tão necessário elemento de despreocupação que nossa civilização, séria e grave, tende a destruir. Se se tornassem muito numerosos, poderiam ser um far-

---

2. De que tratamos no Capítulo IV.

do econômico bastante pesado para os trabalhadores; mas duvido que haja muitas criaturas com suficiente capacidade para prazeres simples a ponto de preferirem a pobreza e a liberdade ao trabalho relativamente leve e agradável que seria, então, usual.

Por qualquer desses métodos, a liberdade pode ser preservada para o artista numa comunidade socialista – uma liberdade muito mais completa, e muito mais disseminada, do que qualquer outra hoje existente, exceto no caso dos que possuem capital.

Mas restam ainda alguns problemas nada fáceis. Tomemos, por exemplo, a publicação de livros. No regime socialista não haverá, como agora, editores privados: é de presumir que, sob o socialismo de Estado, o Estado será o único editor, enquanto sob o regime sindicalista, ou socialista de guilda, a *Fédération du Livre* terá todo esse ramo nas mãos. Em tais circunstâncias, quem decidirá quais manuscritos deverão ser publicados? É claro que existem possibilidades para um *Index* mais rigoroso do que o da Inquisição. Se o Estado fosse o único editor, recusaria, sem dúvida, os livros que fossem contrários ao socialismo de Estado. Se a *Fédération du Livre* fosse o árbitro supremo, que publicidade se poderia obter para obras que a criticassem? À parte tais dificuldades políticas, teríamos, com respeito à literatura, a mesma censura por funcionários administrativos que todos concordamos em considerar desastrosa quando, pouco atrás, analisamos as belas-artes em geral. O problema é sério, e uma maneira de contorná-lo deve ser encontrado para que a literatura permaneça livre.

Kropotkin, que acredita que o trabalho manual e o intelectual devam estar combinados, diz que os próprios autores deveriam ser linotipistas, encadernadores etc. Ele até mesmo dá a entender que todo o trabalho manual envolvido na produção de livros deveria ser feito pelos autores. Pode-se duvidar que haja autores suficientes no mundo para que isso seja possível, e, de qualquer modo, não posso deixar de pensar que seria um desperdício de tempo eles deixarem de lado um trabalho do qual entendem para fazer mal uma tarefa que outros poderiam realizar muitíssimo melhor e mais rápido. Isso, no entanto, não diz respeito ao ponto de que estamos tratando, que é saber como o manuscrito a ser impresso seria escolhido. No plano de Kropotkin, haverá, presumivelmente, uma Guilda de Autores, bem como um Comitê Administrativo, se é que o anarquismo permite tais coisas. Esse Comitê Administrativo decidirá quais os livros, entre os apresentados à sua avaliação, são dignos de ser impressos. Entre estes serão incluídos os dos membros do Comitê e seus amigos, mas não os dos inimigos. Dificilmente os autores de manuscritos rejeitados terão paciência de gastar seu tempo montando obras de autores rivais bem-sucedidos, e deverá haver um complicado sistema de troca de favores para que algum livro chegue a ser publicado. Parece que tal plano dificilmente conduziria à harmonia entre literatos ou levaria à publicação de livros de tendência pouco convencional. Os próprios livros de Kropotkin, por exemplo, dificilmente encontrariam apoio.

A única maneira de solucionar tais dificuldades, no socialismo de Estado, no socialismo de guilda ou no anarquismo, seria, parece-nos, tornar possível ao autor pagar pela publicação de seu livro, se for alguma obra que o Estado ou a guilda não estejam dispostos a publicar por sua própria conta. Estou ciente de que esse método é contrário ao espírito do socialismo, mas não vejo outro modo de assegurar a liberdade. O autor poderia efetuar seu pagamento comprometendo-se a realizar, por determinado período, algum trabalho de reconhecida utilidade e a ceder a parcela de seus ganhos que fosse necessária. A tarefa empreendida poderia ser, certamente, como Kropotkin sugere, a parte manual da produção de livros, mas não vejo nenhuma razão especial para a obrigatoriedade disso. Teria de tornar-se regra absoluta não recusar livro algum, fosse qual fosse a natureza de seu conteúdo, se o pagamento por sua publicação fosse oferecido de acordo com uma taxa padrão. Um autor que tivesse admiradores poderia obter o auxílio deles para o pagamento. Por certo, um autor desconhecido poderia ter de sofrer considerável perda de conforto para efetuar seu pagamento, mas isso propiciaria um meio automático de eliminar aqueles cujos escritos não fossem resultado de um impulso muito profundo e, de modo nenhum, seria totalmente um mal.

É provável que algum método semelhante fosse desejável quanto à publicação e execução de músicas novas.

O que estamos sugerindo sofrerá, sem dúvida, objeção por parte de socialistas ortodoxos, já que eles acharão um tanto repugnante a seus princípios a idéia de que um indivíduo pague pela produção de certo trabalho. Mas é um erro ser escravo de um sistema, e todo sistema, se aplicado rigidamente, acarreta males que só são evitados mediante certa concessão às exigências de casos especiais. De um modo geral, uma forma sensata de socialismo poderia fornecer, ao artista e ao homem de ciência, oportunidades infinitamente melhores do que é possível numa comunidade capitalista, mas apenas se a forma de socialismo adotada for uma que se ajuste a esse fim, mediante dispositivos como os que vimos sugerindo.

3. *Possibilidade de apreciação*. Esta condição não é necessária a todos os que se dedicam ao trabalho criativo, mas, no sentido em que a compreendo, a grande maioria das pessoas a considera quase indispensável. Não me refiro ao amplo reconhecimento público, nem ao respeito ignorante e meio sincero que se costuma tributar a artistas que conseguiram êxito. Nenhuma dessas coisas tem muito valor. Refiro-me, antes, à compreensão e ao sentimento espontâneo de que as coisas belas são importantes. Numa sociedade inteiramente comercializada, o artista só é respeitado se ganha dinheiro, e porque ganha dinheiro; mas não há respeito genuíno pelas obras de arte com que ele conseguiu seu dinheiro. Um milionário cuja fortuna foi feita na fabricação de abotoaduras ou goma de mascar é encarado com reverência, mas nada desse sentimento se aplica aos ar-

tigos de que provém sua riqueza. Numa sociedade que mede todas as coisas pelo dinheiro, o mesmo tende a se aplicar ao artista. Se ele se tornou rico, é respeitado, embora, naturalmente, menos do que o milionário; mas seus quadros, seus livros ou sua música são encarados da mesma maneira que a goma de mascar ou as abotoadeiras, simplesmente como meio que conduz ao dinheiro. Em tal atmosfera, é muito difícil para o artista manter puro seu impulso criador: ou é ele contaminado pelo meio, ou se torna amargurado pela falta de apreciação do objeto de seus esforços. Não é tanto a apreciação do artista que se faz necessária, mas a apreciação da arte. É difícil para o artista viver num ambiente em que tudo é julgado por sua utilidade, mais que por sua qualidade intrínseca. Todo o lado da vida do qual a arte é a flor exige algo que se pode chamar de desinteresse, uma capacidade para a fruição direta, sem pensar nos problemas e nas dificuldades de amanhã. Quando as pessoas se divertem com uma piada, não precisam ser persuadidas de que isso servirá a algum propósito importante. Essa mesma espécie de prazer direto é encontrada em toda apreciação genuína da arte. A luta pela vida, o trabalho sério de um ofício ou uma profissão são capazes de tornar os indivíduos muito solenes para piadas e excessivamente preocupados para a arte. A moderação da luta, a diminuição da jornada de trabalho e o alívio do fardo da existência, que resultariam de um melhor sistema econômico, dificilmente deixariam de aumentar a alegria de viver e a energia vital disponível para o puro deleite no mundo. Se isso fosse alcançado, haveria, inevitavelmente, prazer mais espontâneo pelas coisas belas e maior fruição da obra dos artistas. Todavia, não é de esperar que a simples remoção da pobreza consiga esses bons resultados: todos eles requerem também um senso geral de liberdade, bem como a ausência do sentimento de ser oprimido por uma vasta máquina que, hoje, abate o espírito individual. Quanto a mim, não creio que o socialismo de Estado possa proporcionar esse sentimento de liberdade, mas outras formas de socialismo, que absorveram o que há de verdadeiro na doutrina anarquista, podem proporcioná-lo num grau em que capitalismo é totalmente incapaz.

Um senso geral de progresso e realização é um estímulo enorme a todas as formas de trabalho criativo. Por tal motivo, muito dependerá, não apenas no sentido material, de saber se os métodos de produção na indústria e na agricultura irão se tornar estereotipados ou continuarão se transformando rápido como têm feito nos últimos cem anos. O aperfeiçoamento dos métodos de produção servirá, de maneira muito mais evidente do que agora, aos interesses da comunidade em geral, quando o que cada homem receber for o que lhe couber do produto total do trabalho. Mas provavelmente não haverá indivíduos que tenham o mesmo interesse intenso e direto nas melhorias técnicas como agora é próprio do capitalista na manufatura. Para que o conservadorismo natural dos trabalhadores não se revele mais forte do que seu interesse em aumentar a produção, será necessário que, quando melhores métodos forem introduzidos pelos trabalhadores em qualquer indústria, se permita que pelo menos parte do benefício seja retida, durante algum tempo, por eles. Se isso for feito, pode-se presumir que cada guilda vai procurar continuamente processos ou invenções novas e valorizar as partes técnicas da pesquisa científica que são úteis para esse propósito. Com cada novo aperfeiçoamento, surgirá a questão de saber se deverá ser empregado para proporcionar mais lazer ou para aumentar os dividendos das mercadorias. Nos lugares em que houver maior lazer do que atualmente, haverá mais pessoas dotadas de conhecimento científico ou de compreensão da arte. O artista ou o pesquisador científico viverão bem menos isolados que agora do cidadão médio, e isso será, quase inevitavelmente, um estímulo para sua energia criadora.

Penso que podemos concluir, de modo razoável, que, do ponto de vista dos três requisitos para a arte e a ciência, a saber, treinamento, liberdade e apreciação, o socialismo de Estado fracassaria, enormemente, em extirpar os males existentes e introduziria males novos; mas o socialismo de guilda, ou mesmo o sindicalismo, se adotassem uma política liberal em relação a quem preferisse trabalhar menos do que o número de horas habitual em ocupações reconhecidas, poderiam ser imensuravelmente preferíveis a qualquer outra coisa possível sob o regime capitalista. Há certos perigos, mas todos desaparecerão se a importância da liberdade for devidamente reconhecida. Nisso, como em quase todas as outras coisas, o caminho para tudo o que é melhor é o caminho para a liberdade.

Capítulo VIII
O mundo tal como poderia ser feito

Na vida cotidiana da maioria dos homens e mulheres, o medo desempenha papel maior do que a esperança; eles são mais dominados pela idéia de que os outros lhes podem tirar os bens que possuem do que pela alegria que poderiam criar em suas próprias vidas e nas vidas com que entram em contato. Não é assim que a vida deveria ser vivida. Aqueles cujas vidas são proveitosas para si próprios, para os amigos ou para o mundo são inspirados pela esperança e amparados pela alegria: vêem na imaginação as coisas que poderiam ser e a maneira como poderiam tornar-se realidade. Em suas relações privadas, não se mostram angustiados, com receio de perder o afeto e o respeito que os outros lhes dedicam: acham-se empenhados em dar afeto e respeito livremente, e a recompensa vem por si mesma, sem que eles a procurem. Em seu trabalho, não são perseguidos pelo ciúme de competidores, mas se interessam apenas pelo que precisa ser realmente feito. Na política, não gastam tempo e paixão defendendo privilégios injustos de sua classe ou de seu país, mas almejam tornar o mundo todo mais feliz, menos cruel, menos cheio de conflitos entre ambições rivais, e mais cheio de seres humanos cujo desenvolvimento não tenha sido tolhido e interrompido pela opressão.

Uma existência vivida nesse espírito – espírito que tem por objetivo criar, em vez de possuir – tem certa felicidade fundamental, da qual não pode ser privada por circunstâncias adversas. Esse é a modo de vida recomendado nos Evangelhos, bem como por todos os grandes mestres do mundo. Aqueles que a encontraram são livres da tirania do medo, pois o que mais prezam na vida não se acha à mercê de forças exteriores. Se todos os homens pudessem reunir coragem e visão para viver desse modo, apesar de obstáculos e desestímulos, não haveria necessidade de que a regeneração do mundo começasse pela reforma política e econômica: todo o necessário em termos de reforma viria automaticamente, sem resistência, pela regeneração moral dos indivíduos. A doutrina de Cristo foi nominalmente aceita pelo mundo durante muitos séculos, mas aqueles que a seguem são ainda perseguidos como o eram antes do tempo de Constantino. A experiência demonstrou que poucos são capazes de enxergar, através dos males aparentes de uma vida de proscrito, a íntima alegria que vem da fé e da esperança criativa. Para superar o domínio do medo, não basta, no tocante à multidão, pregar a coragem e a indiferença ante o infortúnio: é preciso remover as causas do medo, fazer que a boa vida não continue sendo malsucedida num sentido terreno e diminuir o dano que pode ser infligido aos que não são vigilantes quanto à autodefesa.

Quando consideramos os males existentes nas vidas que conhecemos, percebemos que podem ser divididos, *grosso modo*, em três classes. Há, primeiro, os males devidos à natureza física: entre eles estão a morte, a dor e a dificuldade de fazer com que o solo forneça o necessário à subsistência. A esses, chamaremos de 'males físicos'. Em segundo lugar, podemos colocar os que provêm de defeitos no caráter ou nas aptidões do sofredor: entre estes se acham a ignorância, a falta de vontade e as paixões violentas. São os 'males do caráter'. Em terceiro lugar, vêm os que dependem do poder de um indivíduo ou grupo sobre outros: estes abrangem não apenas a tirania óbvia, mas toda a espécie de interferência no livre desenvolvimento, quer pela força, quer pela excessiva influência mental, assim como pode ocorrer na educação. Chamaremos a esses de 'males do poder'. Um sistema social pode ser julgado por sua relação com esses três tipos de males.

A distinção entre eles não pode ser traçada com nitidez. O mal puramente físico é um limite que nunca podemos estar certos de ter atingido: não podemos abolir a morte, mas muitas vezes podemos adiá-la por meio da ciência, e talvez ainda se torne possível assegurar uma vida longa à grande maioria das pessoas; não podemos impedir totalmente a dor, mas podemos diminuí-la indefinidamente assegurando uma vida saudável para todos; não podemos obrigar a terra a nos conceder seus frutos em abundância sem labuta, mas podemos diminuir a quantidade de trabalho e melhorar suas condições, até que ele deixe de constituir um mal. Os males do caráter são, com freqüência, o resultado de males físicos sob a forma de doença e, de maneira ainda mais freqüente, o resultado de males do poder, já que a tirania degrada tanto aqueles que a exercem, como (regra geral) aqueles que sofrem com ela. Os males do poder são intensificados pelos males do caráter naqueles que detêm o poder e pelo medo do mal físico que costuma ser o quinhão daqueles que não possuem poder. Por todas essas razões, as três espécies de males estão entrelaçadas. Não obstante, falando de modo geral, podemos distinguir entre nossos infortúnios os que têm causa imediata no mundo material, os que são devidos principalmente a defeitos em nós mesmos, e os que surgem do fato de estarmos sujeitos ao controle dos outros.

Os principais métodos de combate a esses males são: para os males físicos, a ciência; para os males do caráter, a educação (no mais amplo sentido) e livre vazão para todos os impulsos que não envolvam dominação; para os males do poder, a reforma da organização política e econômica da sociedade, de modo a reduzir, ao ponto mais baixo possível, a interferência de um homem na vida de outro. Começaremos com o terceiro desses tipos de males, porque são especialmente os males do poder que o socialismo e o anarquismo procuraram remediar. Seu protesto contra as desigualdades de riqueza baseia-se principalmente em sua percepção dos males oriundos do poder conferido pela riqueza. Esse ponto foi muito bem exposto por G. D. H. Cole:

> Qual, desejo perguntar, é o mal fundamental de nossa sociedade moderna que devemos nos propor abolir?
> Há duas respostas possíveis a essa pergunta, e estou certo de que muitas pessoas bem-intencionadas dariam a errada. Responderiam POBREZA, quando deveriam responder ESCRAVIDÃO. Frente a frente, todos os dias, com os vergonhosos contrastes entre a riqueza e a miséria, altos dividendos e salários baixos, e penosamente conscientes da inutilidade de procurar ajustar a balança por meio da caridade, pública ou privada, responderiam, sem hesitação, que são a favor da ABOLIÇÃO DA POBREZA.
> Muito bem! Quanto a isso, todos os socialistas estão com eles. Mas sua resposta à minha pergunta não deixa de estar errada.
> A pobreza é o sintoma: a escravidão, a enfermidade. Os extremos 'riqueza' e 'miséria' acompanham, inevitavelmente, os extremos 'abuso' e 'servidão'. A maioria dos indivíduos não é escravizada por ser pobre, mas é pobre por ser escravizada. Todavia, os socialistas têm, com demasiada freqüência, fixado sua atenção na miséria material do pobre, sem perceber que ela se baseia na degradação espiritual do escravo[1].

Creio que nenhuma pessoa sensata duvidará de que os males do poder no sistema atual são muito maiores do que o necessário e poderiam ser consideravelmente diminuídos por meio de uma reforma socialista adequada. Alguns poucos afortunados, é verdade, podem hoje livremente viver de rendas ou juros, e seria difícil terem mais liberdade sob algum outro sistema. Mas a grande massa, não apenas dos muito pobres, mas de todos os setores de assalariados e,

---

1. *Self-government in industry* (G. Bell and Sons, 1917), pp. 110-1.

mesmo, dos profissionais liberais, é escrava da necessidade de obter dinheiro. Quase todos são obrigados a trabalhar tão arduamente que dispõem de pouco tempo para o divertimento ou para objetivos fora de sua ocupação regular. Os que podem se aposentar antes de chegar à velhice mostram-se entediados, pois não aprenderam como preencher o tempo quando se vêem em liberdade, e as coisas pelas quais outrora se interessavam, além do trabalho, feneceram. Estes, no entanto, são excepcionalmente afortunados: a maioria tem de trabalhar até a velhice, tendo sempre diante de si o medo da miséria; os mais prósperos, temendo que não lhes seja possível dar aos filhos a educação ou os cuidados médicos que consideram desejáveis; os mais pobres, não raro, perto da indigência. E quase todos os que trabalham não têm voz ativa alguma na direção de seu trabalho; durante todas as horas de labuta são simples máquinas cumprindo a vontade de um patrão. Normalmente, o trabalho é feito sob condições desagradáveis, com sofrimento e fadiga. O único motivo para o trabalho é o salário: a própria idéia de que o trabalho poderia ser uma alegria, como o trabalho do artista, é, em geral, desdenhada como totalmente utópica.

Mas, sem dúvida nenhuma, a maior parte desses males é inteiramente desnecessária. Se a parte civilizada da humanidade pudesse ser induzida a desejar mais sua própria felicidade do que o sofrimento alheio; se pudesse ser levada a trabalhar de modo construtivo por melhorias que compartilhariam com o mundo todo, não a impedir, destrutivamente, que outras classes ou nações tomem a dianteira, todo o sistema pelo qual o trabalho do mundo é realizado poderia ser reformado, de alto a baixo, dentro de uma única geração.

Do ponto de vista da liberdade, qual sistema seria o melhor? Em que direção devemos desejar que as forças do progresso se movam? Partindo deste ponto de vista e deixando de lado temporariamente todas as outras considerações, não tenho dúvida de que o melhor sistema seria um que não se afastasse muito do que é defendido por Kropotkin, mas tornado mais praticável mediante a adoção dos princípios básicos do socialismo de guilda. Como cada ponto pode ser motivo de controvérsia, exporei, sem argumentações, o tipo de organização do trabalho que pareceria melhor.

A educação deveria ser compulsória até os 16 anos ou, talvez, mais; depois disso, deveria ser continuada ou não, conforme opção do aluno, mas permanecer gratuita (para aqueles que a desejassem) até pelo menos a idade de 21 anos. Terminada a educação, ninguém deveria ser *compelido* a trabalhar, e aqueles que escolhessem não trabalhar deveriam receber o mínimo essencial à sua subsistência e ser deixados completamente em liberdade. Mas provavelmente seria desejável que houvesse uma vigorosa opinião pública a favor do trabalho, de modo que apenas relativamente poucos optassem pela ociosidade. Uma das grandes vantagens em tornar a ociosidade economicamente possível é que ela poderia fornecer um motivo poderoso para tornar o trabalho não desagradável. E, de nenhuma comunidade em que quase todo o trabalho é desagradável, poder-se-á dizer que encontrou uma solução para os problemas econômicos. Julgo razoável presumir que poucos escolheriam a ociosidade, em vista do fato de que, mesmo hoje, pelo menos nove entre dez pessoas que possuem, digamos, 100 libras anuais provenientes de investimentos preferem aumentar a renda por meio de trabalho remunerado.

Quanto à grande maioria que não escolherá a ociosidade, penso podermos presumir que, com o auxílio da ciência e pela eliminação da vasta quantidade de trabalho improdutivo implicado na concorrência nacional e internacional, toda a comunidade poderia se manter em conforto, trabalhando apenas quatro horas diárias. Empregadores experientes já estão afirmando que seus empregados podem de fato produzir numa jornada de seis horas o mesmo que produzem quando trabalham oito horas. Num mundo em que haja um nível bem mais elevado de instrução técnica do que há agora, essa mesma tendência será acentuada. Não se ensinará às pessoas, como hoje se faz, apenas um ofício, ou uma pequena parcela dele, mas diversos ofícios, de modo que possam variar sua ocupação de acordo com as estações e as flutuações da demanda. Cada indústria será autogovernada no tocante a todos os assuntos internos, e mesmo fábricas distintas resolverão por si mesmas todas as questões que interessam apenas aos que nelas trabalham. Não haverá qualquer espécie de gerência capitalista, como agora, mas gerência por representantes eleitos, como na política. As relações entre grupos diferentes de produtores serão estabelecidas pelo Congresso das Guildas, e os assuntos referentes à comunidade, como habitantes de determinada área, continuarão a ser decididos pelo Parlamento, ao passo que todas as disputas entre o Parlamento e o Congresso das Guildas serão resolvidas por um organismo composto de representantes de ambos em número igual.

Não se pagará, como ocorre hoje, apenas pelo trabalho verdadeiramente exigido e efetuado, mas também pela disposição ao trabalho. Esse sistema já é adotado em grande parte do trabalho mais bem remunerado: um homem ocupa certa posição e a conserva mesmo em épocas em que há muito pouco para fazer. O pavor do desemprego e da perda dos meios de subsistência não perseguirá mais as pessoas como um pesadelo. Se todos os que estiverem dispostos a trabalhar serão igualmente pagos, ou se certas habilidades excepcionais continuarão ainda a merecer remuneração excepcional, é questão que cada guilda poderá decidir por si mesma. Um cantor de ópera que não recebesse remuneração maior do que um contra-regra poderia preferir a ocupação de contra-regra, até que o sistema se modificasse: nesse caso, talvez se julgasse necessária uma remuneração maior. Mas se essa fosse votada livremente pela guilda, dificilmente poderia constituir motivo para queixa.

A despeito de todas as medidas para tornar o trabalho agradável, é de presumir que certos ofícios nunca deixariam de ser desagradáveis. Mas as pessoas poderiam ser atraídas por salários mais altos e menos horas de trabalho, em vez de serem levadas até eles pela miséria. Toda a comunidade teria, então, um poderoso motivo econômico para encontrar meios de diminuir o aspecto desagradável desses ofícios excepcionais.

Ainda teria de existir dinheiro, ou algo semelhante, em qualquer comunidade como a que estamos imaginando. O plano anarquista de distribuição gratuita do produto total do trabalho em partes iguais não elimina a necessidade de algum padrão de valor de troca, pois uma pessoa preferirá receber sua parte de um modo, e uma outra, de outro. No dia de distribuir os produtos de luxo, as senhoras idosas não desejarão sua quota de charutos, nem os rapazes sua justa porção de cãezinhos de estimação. Isso tornará necessário saber quantos charutos equivalem a um cachorrinho de estimação. A maneira bem mais simples será pagar uma renda, como se faz hoje em dia, e permitir que os valores relativos se ajustem de acordo com a demanda. Mas se o pagamento fosse feito com moeda concreta, um indivíduo poderia acumular dinheiro e, com o tempo, se transformar em capitalista. Para evitar isso, o melhor seria pagar com notas disponíveis apenas durante certo período, digamos, apenas durante um ano a partir da data da emissão. Isso permitiria às pessoas economizarem para suas férias anuais, mas não indefinidamente.

Há muito o que dizer em favor do plano anarquista de permitir que os artigos essenciais, e todas as mercadorias que podem ser facilmente produzidas em quantidades adequadas para atender a qualquer demanda possível, sejam distribuídos gratuitamente a todos os que os solicitarem, na quantidade de que precisarem. A questão de saber se tal plano poderia ser adotado é, a meu ver, puramente técnica: seria, de fato, possível adotá-lo sem muito desperdício e o conseqüente desvio do trabalho para a produção das coisas essenciais, quando ele poderia ser mais utilmente aplicado de outra maneira? Não disponho de meios para responder a essa pergunta, mas acho extremamente provável que, mais cedo ou mais tarde, com as melhorias contínuas dos métodos de produção, esse plano anarquista se tornará factível. E, quando se tornar, certamente terá de ser adotado.

As mulheres que se dedicam a trabalhos domésticos, casadas ou solteiras, receberiam o salário que lhes caberia se trabalhassem na indústria. Isso assegurará a completa independência econômica das esposas, que é difícil de conseguir de qualquer outra maneira, já que não se deve esperar que mães de crianças pequenas trabalhem fora de casa. Os gastos com as crianças não caberão, como atualmente, aos pais. Elas receberão, como os adultos, sua cota de gêneros indispensáveis, e sua educação será gratuita[2]. Não deverá mais haver a atual competição por bolsas de estudo entre as crianças mais capazes: elas não serão mais imbuídas de espírito competitivo desde a infância, ou obrigadas a usar o cérebro num grau antinatural, com conseqüente apatia e falta de saúde mais tarde. A educação será muito mais diversificada do que agora: maior cuidado será tomado em adaptá-la às necessidades de diferentes tipos de jovens. Haverá mais empenho em encorajar a iniciativa entre os alunos, e menos anseio de encher suas mentes com um conjunto de crenças e hábitos mentais considerados desejáveis pelo Estado, sobretudo porque ajudam a preservar o *status quo*. Para a grande maioria das crianças, talvez se considere desejável mais educação ao ar livre, no campo. Quanto aos meninos e meninas mais velhos cujos interesses não sejam intelectuais nem artísticos, a educação técnica, empreendida dentro de um espírito liberal, é muito mais útil para fomentar a atividade mental do que o aprendizado por livros, que eles encaram (embora erroneamente) como inteiramente inútil, exceto para fins de exame. A

---

2. Alguns podem recear que isso resulte num aumento indevido da população, mas acho que é um receio infundado. Cf., supra, Capítulo IV, sobre "Trabalho e remuneração", e Capítulo VI de *Principles of social reconstrution* (George Allen and Unwin Ltd.).

educação realmente útil é aquela que acompanha a direção dos interesses instintivos da criança, fornecendo o conhecimento que ela procura, não informações áridas e pormenorizadas, sem nenhuma relação com seus desejos espontâneos.

O governo e o direito ainda existirão em nossa comunidade, mas ambos serão reduzidos ao mínimo. Ainda haverá atos que serão proibidos – por exemplo, assassinato. Mas quase toda a parte do direito penal que lida com propriedade terá se tornado obsoleta, e muitos dos motivos que hoje produzem assassinos deixarão de operar. Aqueles que, apesar de tudo, ainda cometerem crimes, não serão censurados nem encarados como perversos: serão considerados infelizes e mantidos em alguma espécie de hospital para doentes mentais, até que se conclua que não mais constituem perigo. Com educação, liberdade e abolição do capital privado, o número de crimes poderá tornar-se extremamente baixo. Pelo método de tratamento terapêutico individual, será possível, de modo geral, garantir que o primeiro delito de uma pessoa seja também seu último, exceto no caso de lunáticos e débeis mentais, para os quais, por certo, uma detenção mais prolongada, mas não menos branda, pode ser necessária.

O governo poderá ser visto como consistindo em duas partes: uma, as decisões da comunidade ou de seus órgãos reconhecidos; outra, a imposição de tais decisões a todos que opuserem resistência. Os anarquistas não fazem objeção quanto à primeira parte. A segunda parte poderá permanecer inteiramente em segundo plano num Estado civilizado comum: aqueles que se opuseram a uma nova lei enquanto estava sendo debatida irão se submeter a ela quando aprovada, pois a resistência costuma ser inútil numa comunidade assentada e bem organizada. Mas a possibilidade de força governamental permanece; e, com efeito, é a própria razão para a submissão que torna a força desnecessária. Se, como desejam os anarquistas, não houver uso da força pelo governo, a maioria ainda poderá manter-se unida e empregar a força contra a minoria. A única diferença é que seu exército ou sua força policial seriam *ad hoc*, em vez de permanentes e profissionais. O resultado disso seria que todos teriam de aprender a lutar, pelo temor de que uma minoria bem treinada tomasse o poder e estabelecesse um Estado oligárquico obsoleto. Assim, parece que o objetivo dos anarquistas tem pouca probabilidade de ser atingido pelos métodos que eles defendem.

O reino da violência nos assuntos humanos, quer dentro de um país, quer em suas relações exteriores, só pode ser evitado, se não estamos enganados, por uma autoridade capaz de declarar ilegal todo uso da força, exceto o exercido por ela; e forte o bastante para ser manifestamente capaz de tornar inútil qualquer outro emprego da força, exceto quando esta puder assegurar o apoio da opinião pública como uma defesa da liberdade ou uma resistência à injustiça. Tal autoridade existe dentro de um país: é o Estado. Porém, nos assuntos internacionais, precisa ainda ser criada. As dificuldades são enormes, mas deverão ser vencidas, para que o mundo se veja livre de guerras periódicas, cada uma mais destruidora que as anteriores. Se, depois desta guerra, será criada uma Liga das Nações, e se ela será capaz de cumprir essa tarefa, é coisa ainda impossível de predizer. Em todo o caso, algum método para impedir as guerras terá de ser estabelecido antes que nossa Utopia se torne possível. Quando algum dia os homens *acreditarem* que o mundo está a salvo de guerras, toda a dificuldade será resolvida: não haverá mais nenhuma oposição séria à dissolução de exércitos e marinhas nacionais, nem à substituição deles por uma pequena força internacional, para proteção contra raças incivilizadas. Uma vez alcançado esse estágio, a paz estará praticamente assegurada.

O exercício do governo pelas maiorias, criticado pelos anarquistas, é de fato vulnerável à maior parte das objeções que ressaltam contra ele. Mais objetável ainda é o poder do executivo em questões que afetam, de modo vital, a felicidade de todos, tais como a guerra e a paz. Mas não se pode resolver nenhuma delas subitamente. Há, no entanto, dois métodos para diminuir o dano por eles causado. (1) O governo pelas maiorias pode tornar-se menos opressivo mediante a delegação de poder, colocando a decisão de questões que afetem, primariamente, apenas um segmento da comunidade nas mãos desse segmento, e não nas mãos de uma Câmara Central. Desse modo, as pessoas não serão mais obrigadas a se submeter a decisões tomadas às pressas por indivíduos que ignoram, em sua maior parte, a questão em apreço e não estão pessoalmente interessados. Será preciso conceder autonomia, quanto a assuntos internos, não apenas para áreas, mas para todos os grupos, tais como indústrias ou Igrejas, os quais têm importantes interesses comuns não compartilhados pelo resto da comunidade. (2) Os grandes poderes conferidos ao executivo de um Estado moderno devem-se, sobretudo, à freqüente necessidade de decisões rápidas, especialmente no tocante a assuntos estrangeiros. Se o perigo de guerra fosse praticamente eliminado, métodos mais canhestros, porém menos autocráticos, iriam se tornar possíveis, e o legislativo poderia recobrar muitos dos poderes usurpados pelo executivo. Com esses dois métodos, a intensidade da interferência na liberdade implicada no governo poderá, aos poucos, diminuir. Certa interferência, e mesmo certo perigo de injustificável e despótica intromissão, constituem a essência do governo e devem continuar enquanto houver governo. Mas, até que os homens sejam menos propensos à violência do que atualmente, certo grau de força governamental parece ser o menor dentre esses dois males. No entanto, podemos esperar que, uma vez afastado o perigo de guerra, os impulsos violentos do homem diminuam gradativamente, tanto mais quanto, nesse caso, será possível diminuir bastante o poder individual que hoje torna os governantes autocráticos e prontos para quase qualquer ato de tirania, a fim de esmagar a oposição. A criação de um mundo em que mesmo a força governamental se torne desnecessária (exceto contra lunáticos) terá de ser gradual. Mas, como processo gradual, é perfeitamente possível – e, uma vez completado, podemos esperar ver os princípios do anarquismo encarnados na administração dos assuntos comunais. De que maneira os sistemas econômico e político por nós delineados influenciarão os males do caráter? Creio que seu efeito será extraordinariamente benéfico.

O processo de afastar o pensamento e a imaginação dos homens do uso da força será grandemente acelerado pela abolição do sistema capitalista, contanto que este não seja substituído por uma forma de socialismo de Estado em que os altos funcionários disponham de enorme poder. Hoje em dia, o capitalista tem mais poder sobre a vida dos outros do que qualquer pessoa deveria ter; seus amigos têm autoridade no Estado; seu poder econômico é o padrão para o poder político. Num mundo em que todos os homens e mulheres gozem de liberdade econômica, não haverá o mesmo hábito de comando, nem, conseqüentemente, o mesmo amor pelo despotismo. Um tipo de caráter mais afável do que o agora vigente surgirá aos poucos. Os homens são formados pelas circunstâncias, não nascem já feitos. A má influência do sistema econômico atual sobre o caráter e o efeito imensamente melhor que se poderá esperar da propriedade comunal estão entre as mais fortes razões para defender tal transformação.

Nesse mundo que estamos imaginando, o medo econômico e a maior parte da esperança econômica deixarão de existir. Ninguém será perseguido pelo pavor da pobreza, nem levado à impiedade pela esperança de riqueza. Não haverá a distinção de classes sociais que hoje desempenha papel enorme na vida. O profissional malsucedido não viverá tomado pelo pavor de que os filhos desçam na escala social; o empregado cheio de planos não sonhará com o dia em que ele, por sua vez, será um patrão explorador. Os jovens ambiciosos terão de sonhar outros devaneios que não sejam os de êxito nos negócios e riqueza arrancada à ruína de seus competidores e à degradação do trabalho. Em tal mundo, a maior parte dos pesadelos que espreitam do fundo da mente dos homens não mais existirá. Por outro lado, a ambição e o desejo de progredir deverão adquirir formas mais nobres que as agora encorajadas por uma sociedade comercial. Todas as atividades que realmente conferem benefícios à humanidade estarão abertas não apenas aos afortunados, mas a todos que tiverem suficiente ambição e aptidão nata. Pode-se esperar, confiantemente, que a ciência, as invenções que poupam trabalho, os progressos técnicos de todo tipo floresçam mais do que no presente, pois serão o caminho para a honra, e a honra terá de substituir o dinheiro entre os jovens que desejem alcançar êxito. Se a arte florescerá numa comunidade socialista é algo que dependerá do socialismo adotado. Se o Estado ou qualquer outra autoridade pública (não importa qual) insistir em controlar a arte, sancionando apenas os artistas que forem considerados eficientes, o resultado será desastroso. Mas se houver verdadeira liberdade, permitindo a todo homem que assim o deseje seguir a carreira artística à custa de algum sacrifício de conforto, é provável que a atmosfera de esperança, bem como a ausência de compulsão econômica, levem a um desperdício muito menor de talento do que o acarretado por nosso sistema atual e a um grau bem menor de destruição dos impulsos criadores nos moinhos da luta pela vida.

Uma vez satisfeitas as necessidades elementares, a felicidade real da maioria dos homens dependerá de duas coisas: seu trabalho e suas relações humanas. No mundo que estamos pintando, o trabalho será livre, e não excessivo, cheio do interesse que se verifica num empreendimento coletivo em que há rápido progresso, contendo algo do prazer da criação mesmo para a mais humilde unidade. E nas relações humanas o ganho será tão grande quanto no trabalho. As únicas relações humanas que têm valor são aquelas que se enraízam na liberdade mútua, onde não haja dominação nem escravidão, nenhum outro laço além do afeto, nenhuma necessidade econômica ou convencional de preservar as aparências quando a vida interior está morta. Uma das coisas mais terríveis no comercialismo é a maneira como envenena as relações entre homens e mulheres. Os males da prostituição são geralmente reconhecidos, mas, por maiores que sejam, o efeito das condições econômicas sobre o casamento parece-me ainda pior. No casamento há, não raro, uma insinuação de compra, pela qual se adquire uma mulher sob condição de mantê-la em certo padrão de conforto material. Muitas vezes, o casamento pouco difere da prostituição, exceto no sentido de que é mais difícil livrar-se dele. Toda a base desses males é de caráter econômico. Causas econômicas transformam o casamento numa questão de negócio e contrato, em que a afeição é coisa inteiramente secundária, e sua ausência não constitui motivo reconhecido para desprender-se dele. O casamento deveria constituir um encontro livre e espontâneo de instinto mútuo, repleto de uma felicidade mesclada a um sentimento próximo da reverência: deveria conter esse grau de respeito recíproco que impossibilita até mesmo a mais insignificante interferência na liberdade e torna uma vida comum imposta a alguém pela vontade do outro uma coisa impensável e de profundo horror. Não é dessa forma que o casamento é concebido por advogados que estabelecem acordos ou por sacerdotes que dão o nome de 'sacramento' a uma instituição que finge encontrar algo de santificável na sensualidade brutal ou nas crueldades de bêbado de um marido legítimo. Não é num espírito de liberdade que o casamento é hoje concebido pela maioria dos homens e mulheres: a lei faz dele uma oportunidade para a satisfação do desejo de interferir, em que cada qual se submete a uma perda da própria liberdade pelo prazer de reduzir a liberdade do outro. E a atmosfera de propriedade privada torna mais difícil do que seria em outras condições o enraizamento de um ideal melhor.

    Não é assim que as relações humanas serão concebidas quando a má herança da escravidão econômica cessar de moldar nossos instintos. Maridos e mulheres, pais e filhos serão unidos apenas pelo afeto: se extinto, será preciso reconhecer que nada sobrou digno de preservar. Como o afeto será livre, homens e mulheres não encontrarão, na vida privada, vazão e estímulo para o amor ao domínio, mas tudo o que houver de criativo em seu amor terá campo de ação mais livre. Reverência por tudo o que constitui o espírito da pessoa amada será, então, coisa menos rara do que é atualmente: hoje em dia, muitos homens amam a esposa do mesmo modo como amam carne de carneiro – como algo para devorar e destruir. Mas, no amor acompanhado de reverência, há uma alegria de ordem totalmente diversa da que se pode encontrar na dominação, uma alegria que satisfaz o espírito, e não apenas os instintos; e a satisfação de instinto e espírito é necessária a uma vida feliz, ou, com efeito, a qualquer existência destinada a produzir os melhores impulsos de que é capaz um homem ou uma mulher.

No mundo que devemos desejar, haverá mais alegria de viver do que na monótona tragédia da existência cotidiana de nossa época. Após os primeiros anos de juventude, a maioria dos homens se deixa oprimir pelo planejamento excessivo, não sendo mais capaz de uma alegria despreocupada, mas apenas de uma diversão marcada para as horas apropriadas. O conselho 'tornai-vos como as criancinhas' seria, em vários aspectos, bom para muitas pessoas, mas vem seguido de outro preceito, 'Não vos preocupeis com o dia de amanhã', a que é difícil de obedecer num mundo competitivo. Há, não raro, nos homens de ciência, mesmo quando são bastante idosos, algo da simplicidade infantil: a absorção no pensamento abstrato os manteve afastados do mundo, e o respeito por seu trabalho levou o mundo a conservá-los vivos a despeito de sua inocência. Tais homens têm conseguido viver como todos os homens deveriam viver; mas, no atual estado de coisas, a luta econômica torna a maneira de viver de tais homens impossível para a maioria.

Que nos resta dizer, por fim, quanto ao efeito de nosso mundo em projeto sobre os males físicos? Haverá menos doenças do que atualmente? O produto de determinada quantidade de trabalho será maior? Ou a população do mundo chegará aos limites da subsistência, como ensinou Malthus para refutar o otimismo de Godwin?

Penso que a resposta a todas essas perguntas se resume, afinal, em saber que grau de vigor intelectual se pode esperar de uma comunidade que eliminou o estímulo da competição econômica. Os homens, em tal mundo, vão se tornar preguiçosos e apáticos? Deixarão de pensar? Aqueles que realmente pensam vão se defrontar com uma muralha de conservantismo irrefletido ainda mais impenetrável do que a que encontram agora? Trata-se de perguntas importantes, pois, em última análise, é para a ciência que a humanidade deverá voltar-se, a fim de vencer o combate aos males físicos.

Se as outras condições que postulamos puderem realizar-se, parece quase certo que haverá menos doenças do que hoje em dia. A população não se verá mais aglomerada em cortiços; as crianças terão mais ar livre e mais espaço nos campos; as horas de trabalho serão apenas as que forem saudáveis, não excessivas e fatigantes como são agora.

Quanto ao progresso da ciência, dependerá muito do grau de liberdade intelectual existente na nova sociedade. Se toda a ciência for organizada e supervisionada pelo Estado, ela logo acabará por se tornar estereotipada, morta. Não se farão avanços fundamentais, pois, até que tenham sido feitos, parecerão demasiado duvidosos para justificar gastos de dinheiro público. A autoridade ficará nas mãos dos mais velhos, sobretudo de pessoas que tenham alcançado destaque científico. Tais homens serão hostis para com os jovens que não os lisonjearem, não concordarem com suas teorias. Sob um regime de socialismo de Estado burocrático, é de recear que a ciência logo deixe de ser progressiva e adquira um respeito medieval pela autoridade.

Mas, num sistema mais livre, que possibilitasse a todos os tipos de grupos empregar tantos homens de ciência quantos desejassem, concedendo o 'salário de vagabundo' aos que quisessem seguir algum estudo tão novo que não seria inteiramente reconhecido, há fortes razões para pensar que a ciência floresceria como jamais o fez até agora[3]. E, se assim for, não creio que possa existir algum outro obstáculo à possibilidade material de nosso sistema.

A questão do número de horas de trabalho necessário para produzir o conforto material geral é, em parte, técnica e, em parte, organizacional. Pode-se presumir que não mais existiria trabalho improdutivo gasto em armamentos, defesa nacional, publicidade, artigos de luxo para os muito ricos, ou quaisquer outras inutilidades que ocorrem em nosso sistema competitivo. Se cada guilda industrial assegurasse, por um período de anos, as vantagens, ou parte das vantagens, de qualquer nova invenção ou método introduzido, é quase certo que se daria todo encorajamento ao progresso técnico. A vida de um descobridor ou inventor é, por si mesma, agradável: aqueles que a adotam raramente são movidos por motivos econômicos, mas, antes, por interesse pelo trabalho, aliado à esperança da honra; e tais motivos agiriam ainda mais fortemente do que hoje, já que menos pessoas seriam impedidas de obedecer a eles por necessidades econômicas. E não há dúvida de que o intelecto trabalharia de maneira mais penetrante e criativa num mundo em que o instinto fosse menos tolhido, em que a alegria de viver fosse maior e, conseqüentemente, houvesse nos homens maior vitalidade do que vemos hoje.

Resta, ainda, a questão demográfica, que, desde o tempo de Malthus, tem sido o último refúgio daqueles para os quais a possibilidade de um mundo melhor é repulsiva. Mas essa questão é, hoje, muito diferente do que era há cem anos. A redução da taxa de natalidade em todos os países civilizados, que, é quase certo, continuará qualquer que seja o sistema econômico adotado, mostra – sobretudo quando se leva em conta os efeitos prováveis da guerra – que a população da Europa Ocidental provavelmente não aumentará

---

3. Cf. a análise dessa questão no capítulo anterior.

O mundo tal como poderia ser feito _____ 175

muito além de seu nível atual e que a dos Estados Unidos talvez só aumente pela imigração. O número de negros continuará a crescer nos trópicos, mas não é provável que isso constitua séria ameaça aos habitantes brancos de regiões temperadas. Resta, naturalmente, o Perigo Amarelo; mas, no momento em que ele começar a se tornar sério, é bastante provável que a média de natalidade também terá começado a declinar entre as raças da Ásia. Se não, há outros meios de lidar com a questão; e, de qualquer modo, todo esse tópico é por demais conjetural para se levantar como uma séria barreira às nossas esperanças. Concluo que, embora não se possa fazer uma previsão segura, não existe nenhuma razão válida para considerar o possível aumento da população um sério obstáculo ao socialismo.

Nossa discussão nos conduziu à crença de que a propriedade comunal da terra e do capital, que constitui a doutrina característica do socialismo e do comunismo anarquista, é um passo necessário para remover os males de que o mundo sofre atualmente e criar uma sociedade tal que todo ser humano desejaria ver realizada. Mas, embora seja um passo necessário, o socialismo, sozinho, não é de modo algum suficiente. Há várias formas de socialismo: a forma em que o Estado é o empregador – e todos os que trabalham recebem salário dele – encerra perigos de tirania e interferência no progresso, que o tornariam, como se fosse possível, ainda pior do que o regime atual. Por outro lado, o anarquismo, que evita os perigos do socialismo de Estado, tem seus próprios perigos e dificuldades, sendo provável que, num lapso razoável de tempo, não poderia durar muito, mesmo que fosse estabelecido. Não obstante, continua sendo um ideal de que devemos querer nos aproximar o mais possível, e que esperamos que possa ser alcançado inteiramente num futuro distante. O sindicalismo compartilha muitos defeitos do anarquismo e, como este, se revelaria instável, pois a necessidade de um governo central se faria sentir quase de imediato.

O sistema que preconizamos é uma forma de socialismo de guilda, tendendo mais talvez para o anarquismo do que o aprovariam inteiramente seus defensores oficiais. É nas questões que os políticos habitualmente ignoram – ciência, arte, relações humanas e alegria de viver – que o anarquismo se mostra mais forte, e é principalmente por causa delas que incluímos em nossa discussão certas propostas mais ou menos anarquistas, como, por exemplo, o 'salário de vagabundo'. É por seus efeitos fora da economia e da política, ao menos tanto quanto por seus efeitos nelas, que um sistema social deve ser julgado. E, se o socialismo um dia vier, é provável que só se revele benéfico se os bens de natureza não econômica forem valorizados e conscientemente procurados.

O mundo que devemos buscar é um mundo em que o espírito criador esteja vivo, e a vida seja uma aventura plena de alegria e esperança, baseada mais no impulso de construir do que no desejo de reter o que possuímos ou tomar o que pertence aos outros. Deverá ser um mundo em que o afeto tenha livre ação, em que o amor esteja isento do instinto de domínio, em que a crueldade e a inveja tenham sido dissipadas pela felicidade e pelo livre desenvolvimento de todos os instintos que edificam a vida e a enchem de deleites mentais. Tal mundo é possível; aguarda apenas que os homens desejem criá-lo.

Por enquanto, o mundo em que vivemos tem outros objetivos. Mas ele passará, destruído pelo fogo de suas próprias paixões incandescentes, e, de suas cinzas, surgirá um mundo novo e mais jovem, repleto de fresca esperança, com a luz da manhã em seus olhos.

Índice remissivo

Academia, Real, 97
África, 131, 135-6
agricultura, 22, 81-5, 96
alegria de viver, 172
Alemanha, 20, 35, 49-50, 57-8, 127, 134
Alexandre II, 46
Aliança Internacional da Democracia Socialista, 47
Allemane, 60
American Federation of Labour, 71-2
anarquismo *passim*; definido, 39-40; e lei, 40, 52-4, 101-21, 167-8; e violência, 39, 53-4, 69, 109; e distribuição, 86, 88; e salários, 88-95; anti-Alemanha, 48-9; atitude para com o sindicalismo, 68; congresso em Amsterdã, 68
arte, 97, 101*n*, 121, 144-56, 169; e apreciação, 144, 153-4; e comercialismo, 153; e liberdade, 154
artistas, 94; sob o socialismo estatal, 147-8
Ásia, 131, 137, 175
Associação dos Trabalhadores Alemães, 20

Associação Internacional de Trabalhadores, 20, 47-9, 59
Austrália, 132
autonomia, 117, 120-1, 139, 168
Autores, Guilda de, 151-2

Bakunin, 9, 42-51; biografia, 42-50; escritos, 46, 50-1; e Marx, 42-50, 59; e pan-eslavismo, 45, 48; e insurreição em Dresden, 45; encarceramentos, 46; anti-Alemanha, 48-9
Bebel, 57
belicosidade, 127
Benbow, William, 67*n*
Bergson, 66
Bernstein, 35-6
Bevington, 54*n*
Bismarck, 37, 49
boicote, 64
bolsas de estudo, 145, 165
Bornstedt, 44
Bourses du Travail, 54, 62-3
Briand, 68
Bright, 31
Brooks, John Graham, 71, 72*n*
Brousse, Paul, 60

burguesia, 24, 75n
burocracia, 113-4, 148

Cafiero, 50n
Califórnia, 132
capital, concentrações de, 22, 32-4, 70
Capital, O, 20 ,23, 29-34
capitalismo, 17-8, 22, 41-2, 169; e guerra, 123-34
casamento, 171
censura de peças teatrais, 97
Champion, 84
Charlton, Broughton, 29
China, 120, 124, 132
Chuang Tzu, 40
ciência, 81, 98, 121, 143-56, 159, 174; homens de, 173
Clemenceau, 68
Cobden, 31
Cole, G. D. H., 58-9n, 69, 71, 75n, 118, 160
competitividade, 102, 138
comunismo, anarquista, 18, 41-2, 59, 63, 88-9n, 91n, 95-6n, 105-6n
Confédération Générale du Travail, 61-3, 68, 71
Congresso das Guildas, 77, 118, 163
conhecimento, 142
conquest of bread, The, 51, 82
Constantino, 97, 158
criatividade, 157
crime, 106-13, 166
Cristo, 158
cultivo, intensivo, 84-5
Culture maraîchère, 85

Darwin, 147
delegação de poder, 168
Deleon, 72

democracia, 17, 37, 114-7, 130, 143
desarmamento, 133
"Deus e o Estado", 50
Deutsche Jahrbuecher, 43
dinheiro, 163-4
direito, 101-21
Disraeli, 37
distribuição, 86-99
doutrina Monroe, 124
Dresden, 45
Dubois, Félix, 53
duelo, 110

Eduardo VI, 31
educação, 90, 143-7, 159, 162, 165-6
Empire knouto-germanique, 50
Engels, 19-20, 28, 43-4
escravidão, 31-2, 95-6n, 160
Espinosa, 107
Estado, 9, 13, 17, 27-8, 38, 51, 60, 65, 75-6, 97, 103-15, 128, 166
Estados Unidos, 10, 38, 64, 70-4, 111, 124-5, 175
Evangelhos, os, 158
evolução, 141
exército, privado, 108-9

fabianos, 58
feudalismo, 24
Fields, factories, and workshops, 51, 82, 84-5
finanças e guerra, 123-6
Finlândia, 127
formigas, 132
Fourier, 19n
França, 9-10, 18-20, 28, 53, 57-61, 66, 84-5
Franklin, 91n
Fraternidade Internacional, 47
funcionalismo público, 58

Giles, Lionel, 41n
Godwin, 173
Gompers, 71
governo, 101-21, 166-9;
 representativo, 105, 115-8
greves, 63, 65, 69, 73, 115
guerra: prevenção da, 123-35,
 167-8; e capitalismo, 123-35; e a
 imprensa, 126-7
Guerra Franco-Prussiana, 49-50,
 57, 59
Guesde, Jules, 59
Guillaume, James, 43

Haywood, 72
Hegel, 19, 43
Heubner, 46
Hipocrisia, 116
história, interpretação materialista
 da, 21-2, 27
Hobson, J. A., 123-6
Hodgskin, Thomas, 19n
Hulme, T. E., 37

igrejas, 168
imprensa, 126-7
Índia, 137
indivíduo, 120-1
Industrial Workers of the World
 (IWW), 10, 38, 70-2
instinto de rebanho, 12-3
interesse próprio, 112
internacionalismo, 28, 36, 129-34
inveja, 139-40
Itália, 64

Japão, 132
Jaurès, 60
Jouhaux, 71

Keats, 147

Kropotkin, 42, 49, 51, -3, 81-91,
 96n, 105, 106n, 151-2, 162
Kultur, 137

Lagardelle, 63
Lanzillo, A., 58n
Levine, Louis, 59n
liberdade, 40, 101, 160, 169; e
 sindicalismo, 78; e anarquismo,
 97; e impulso criativo, 147-53; e
 arte, 154-5, 169; e relações
 humanas, 170
Liga Comunista Alemã, 20
linchamento, 109
livros sob o socialismo, 151
Lloyd George, 135
Louis, Paul, 58n
lunáticos, 107
luta de classes, 12-3, 22-8, 35-8,
 58, 63, 70-2, 74, 103, 129-31

magistrados, 92
maiorias, direito divino das, 55,
 114, 117, 167
mais-valia, teoria da, 29
males: físicos, 158-9, 173; do caráter,
 158, 169-72; do poder, 159-61
Malthus, 81-2, 173-4
manchesterismo, 37
Manifesto comunista, 20, 22-9, 96,
 103-4, 130-1
Marx, 9-10, 18-38, 42-3, 60, 130,
 141; biografia, 19-21; doutrinas,
 21-38, 103-5; e Bakunin, 42-50,
 59n; e Associação Internacional
 de Trabalhadores, 48, 50n
Mazzini, 47
medo, 157-8, 169
milênio à força, 115-6, 141
Millerand, 60-1
Milton, 147

Miners, Western Federation of, 72
Morning Star, 31
Morris, William, 149
mulheres: sufrágio feminino, 135; independência econômica das, 165
nacionalismo, 28, 34, 36, 39, 130-2
Nações: relações das, 123-40; Liga das, 133, 167
Napoleão, 107
Napoleão III, 49
Naquet, Alfred, 90n, 106n, 142
National Guilds League, 77n, 78
National Guilds, 77n
Neue Rheinische Zeitung, 45
Nicolau, czar, 46

ociosidade, 94, 162
ódio racial, 131-2
'Operação tartaruga', 64
Orage, A. R., 75n
Owen, Robert, 20n

Partido Liberal, 36-7, 58
Partido Socialista Trabalhista, 72
Partido Trabalhista, 58
Partido Trabalhista Independente, 58
partilha, livre, 88-99, 164-5
Pellico, Silvio, 46
Pelloutier, 54, 62-3
penetração, 57-8
Pérsia, 137
Platão, 7
pobreza, 160
poder, amor ao, 101-2, 116-7, 127-8, 138-9
poetas, 94
Polônia, 43-4, 127
população, 81, 165n, 175

possibilistas, 60
produção, métodos de, 82-6
proletariado, 21-8
Proudhon, 19n, 43
punição, 110-3
raças amarelas, 132, 175
Ravachol, 53-4
Ravenstone, Piercy, 19n
Reclus, Elisée, 50n
Relações Industriais, Comissão de, 73
representação proporcional, 135
revisionismo, 35, 57
Revolução: Francesa, 21; Russa, 28, 65, 130, 134; Social, 23, 28, 103, 130, 134; de 1848, 18, 20, 28, 45
Revolucionários Socialistas, Aliança dos, 47
Ricardo, 19n
roubo, 108
Ruge, 43

sabotagem, 64
Saint-Simon, 19n
'salário de vagabundo', 150, 162-4, 173, 176
salários, 18, 55, 73, 86-9, 161; lei de ferro dos, 35; e arte e ciência, 143-4
Sand, George, 43, 45
sectarismo, 11-2
Shelley, 147
sindicalismo *passim*; industrial, 38, 69-70, 72, 74; profissional, 69, 72-4; e Marx, 36-7, 104-5; e partido, 38; e liberdade, 78; e ação política, 38, 66-7, 114-7; e anarquismo, 9, 54-5, 69, 104-5; na França, 37, 58-63; na Itália, 58n; o reformista e o revolucionário,

60-1; e a guerra de classe, 63-4, 104; e greve geral, 65-70, 115-6; e o Estado, 65-6, 104; e socialismo de guilda, 75n, 77, 117
sindicatos, 9, 25, 57-8, 60, 131
socialismo *passim*; definido, 17; inglês, 18-20, 58; francês, 18-20, 57-9; alemão, 57; evolucionista, 35; Estado, 58, 97, 103-4, 113-4, 146-9, 169, 173; e distribuição, 86-7; e arte e ciência, 141-56, 170; guilda, *cf.* socialismo de guilda
socialismo de guilda, 10, 38, 75-8, 117, 162, 176; e o Estado, 77, 103-4, 154-5
Socialistas Interaliados, 135
Sorel, 37-8, 65
Syndicalist Railwayman, 66-7
Syndicats, 62

tarifas, 120
Thompson, William, 20n
Tolstói, 39
trabalho: e salários, 87-8, 163-4; horas de, 93, 98, 162, 174; poderia tornar-se agradável?, 77-8, 91-3, 162-4, 169-70
trabalho, integração do, 85
trabalho infantil, 29
tráfico de bebidas alcoólicas, 120
tráfico de ópio, 120
treinamento técnico, 145-7, 165
trustes, 71, 124-6

único, imposto, 76
utopias, 7, 18, 167

Villeneuve St. Georges, 68
violence, Reflections on, 37
violência, crimes de, 110, 167-8
Viviani, 60
Volkstimme, 35n
Voluntários, 108

Wagner, Richard, 46
Waldeck-Rousseau, 60, 62
Walkley, Mary Anne, 30-1

zona rural, 102

Impresso nas oficinas da
Gráfica Palas Athena